DU MÊME AUTEUR

Aux Éditions Gallimard

DANUBE

LE MYTHE ET L'EMPIRE dans la littérature autrichienne moderne

UNE AUTRE MER

MICROCOSMES

UTOPIE ET DÉSENCHANTEMENT

L'EXPOSITION

À L'AVEUGLE

VOUS COMPRENDREZ DONC

ALPHABETS

CLASSÉ SANS SUITE

INSTANTANÉS

LA LITTÉRATURE EST MA VENGEANCE

Chez d'autres éditeurs

ENQUÊTE SUR UN SABRE, *Éditions Desjonquères*

TRIESTE, une identité de frontière (en collaboration avec Angelo Ara), *Le Seuil*

STADELMANN, *Scandéditions-Temps actuels*

LES VOIX, *Descartes & Cie*

DÉPLACEMENTS, *La Quinzaine littéraire. Louis Vuitton* (Voyager avec…)

Suite des œuvres de Claudio Magris en fin de volume

L'Arpenteur

Collection créée
par Gérard Bourgadier

dirigée par
Ludovic Escande

Claudio Magris

TEMPS COURBE À KREMS

nouvelles

Traduit de l'italien
par Jean et Marie-Noëlle Pastureau

GALLIMARD | L'ARPENTEUR

Domaine italien dirigé par
Jean-Baptiste Para

Titre original :

TEMPO CURVO A KREMS

À Dominique, avec gratitude

Le gardien

Il descendit de l'autobus en se tenant à la barre d'appui jusqu'à ce que son pied ait touché, non sans quelque hésitation, l'asphalte. Il s'attarda un instant à serrer le métal clair, se retirant juste à temps avant la fermeture de la porte. Il était agréable à toucher, si froid, pas encore réchauffé par d'innombrables paumes moites de sueur. C'était pour cela, pour sentir quelques secondes de plus ce contact glacial, qu'il était descendu lentement de l'autobus, et non parce qu'il aurait eu quelque difficulté. Il regarda autour de lui, soupçonneux. Toujours cette idée stupide, que son fils ou sa belle-fille auraient pu le suivre. D'autant qu'à cette heure-là ils avaient autre chose à faire. Et puis peut-être qu'ils savaient déjà. En tout cas il apprécia de ne voir aucun visage connu. La rue menait droit à la mer. La lumière, là au fond, était livide ; il ferma à demi les paupières, comme Mitzi Matzi quand il se pelotonnait sur ses genoux dans le fauteuil de son bureau, et levait la tête vers la lampe posée sur la table.

Il n'aimait pas les rues perpendiculaires à la mer, qui débouchaient sur sa luminosité intense ; il préférait, dans la géométrie de la ville, celles qui, parallèles au rivage, sont protégées par de hauts immeubles entre lesquels il y a plus d'ombre et où le soir tombe plus tôt. Toute la ville, depuis qu'il l'avait vue pour la première fois du haut du Carso, lui semblait s'avancer trop vers l'espace marin. Les Triestins eux-mêmes devaient l'avoir compris, puisqu'ils avaient construit ce réseau de rues rectilignes, sorte de grille qui protégeait la ville du golfe et de sa vaste étendue ; nombre d'entre eux, du reste, étaient venus du cœur du continent, comme lui de Moravie, même s'ils étaient arrivés beaucoup plus tôt.

Quand il était devant la mer, il lui venait un sourire embarrassé qui relevait imperceptiblement sa lèvre supérieure et découvrait un peu trop ses dents, comme Roll, le bouledogue qu'il avait eu pendant des années et auquel, d'après ses petits-enfants, il avait fini par ressembler. La mer, au bout de ces rues, lui paraissait toujours plus grande ; parfois il lui semblait la voir monter, submerger les trottoirs, grossir et gronder, en un fracas qui venait de loin, d'une obscurité sillonnée d'énormes vagues blanches.

Parfois, par jeu, avant de sortir, il programmait mentalement son trajet de façon à éviter le plus possible la vue de ce bleu sans fin ; il imaginait un plan d'attaque sur un échiquier, tourner au bon moment, s'esquiver de côté, adopter la marche du cavalier. Les plans d'attaque, il le savait bien depuis qu'il avait dirigé sa première entreprise, étaient presque toujours une stratégie de retrait, d'opérations audacieuses pour s'assurer une marge plus importante de possibilités défensives. Toute la vieillesse, du reste, se résume à cela : avancer pour reculer, s'engager en territoire inconnu pour se soustraire à la réalité qui presse de toutes parts, anguleuse et envahissante. Même les profits de ses sociétés, qui s'étaient accrus au fil des ans, avaient été un rempart contre la difficulté des choses, dès le premier argent qu'il avait gagné quand il était venu à Trieste depuis Hannsdorf – oui, d'accord, Hanušovice, si on préfère – en voyageant avec des moyens de fortune, à pied même par endroits, en travaillant ici et là pour pouvoir manger et dormir. Ensuite, à Trieste, une fortune assez rapide, du flair en matière boursière et un équilibre instinctif entre audace et prudence, la présidence de deux ou trois sociétés et bien entendu le mariage puis les enfants et petits-enfants qui vont avec. Les choses suivaient leur cours, généreuses à son égard, et il n'avait certes pas les mains vides, mais peu à peu il avait commencé à ressentir le désir d'endiguer et si possible de dévier ce cours, de dresser des barricades contre la vie qui avançait. Vendre l'une ou l'autre de ses entreprises, qu'il avait encore bien en main même si elles s'étaient considérablement développées, c'était larguer les amarres et laisser partir la barque, mais sans y monter. Le petit immeuble de la société de transport qui quelques mois auparavant lui appartenait encore était lui aussi une digue rassurante.

« Vous pouvez me donner des ordres à moi,

mais pas aux employés et encore moins aux femmes de ménage », lui avait dit M. Dürrer, en le regardant avec acrimonie à travers ses petites lunettes qui luisaient d'un éclat mauvais. Depuis le transfert de propriété à la société suisse, le *Doktor Dürrer*, nouvel administrateur délégué, n'avait de cesse de lui rappeler, en le voyant arriver encore souvent au bureau, qu'il n'était plus désormais que président honoraire et qu'en tant que tel il pouvait disposer du fauteuil et des journaux, mais pas du personnel. « Adressez-vous à moi, je serai ravi de vous faire plaisir, mais de grâce ne demandez rien à nos employés. Je reste bien volontiers à vos ordres… » Et M. Dürrer souriait d'un air entendu, fier d'avoir résolu par cette formule une éventuelle ingérence fort encombrante.

Le soleil était déjà assez haut, les rues commençaient à s'animer. Aux battements d'ailes des pigeons se mêlaient les cris stridents d'une mouette ; il leva la tête et son regard croisa un instant celui, cruel, de l'oiseau. Il y avait de plus en plus de mouettes en ville, elles prenaient leur envol depuis les rochers du rivage et s'avançaient entre les immeubles, dans les rues, dans les jardins, pour fouiller parmi les détritus. Quel idiot, ce Dürrer. Il croyait dur comme fer qu'il allait au bureau par envie de donner des ordres. Il avait continué à y aller par habitude, parce qu'il y était allé pendant des années, comme il avait renouvelé son abonnement au théâtre Verdi sans qu'ait diminué son indifférence envers les opéras, qui pour lui se ressemblaient tous. Il n'avait jamais cru non plus que se brosser les dents serve à quelque chose, preuve en était que les dentistes continuaient à gagner des fortunes malgré une forte consommation de dentifrice, mais il se les était toujours brossées.

Il y a des choses, simplement, qui ne se discutent pas ; s'il arrêtait de se laver les dents ou d'aller au théâtre, la société tout entière pouvait aller à vau-l'eau. Et lui, il s'y trouvait bien, dans cette société. Il ne l'aimait pas, ça non, mais il la respectait, bien organisée comme elle l'était, avec les titres les dividendes les mariages les théâtres et les brosses à dents. Tout avait son utilité, tout aidait à maintenir les choses à distance. La mer, par exemple, se trouvait juste derrière la Bourse, de l'autre côté, immense avec ses vagues blanches, mais sous les colonnes et le fronton néoclassique de la Bourse on ne la voyait pas, on ne l'entendait pas, et tout était en ordre. C'était bien de répéter les choses. Et Chiara, sa belle-fille, avait tort avec sa manie de changer sans arrêt les rideaux ou les luminaires ; on commençait comme ça mais on ne savait pas comment ça finirait.

Vous pouvez me donner des ordres à moi. Vraiment stupide, ce Suisse. Depuis ce jour-là il n'avait plus mis les pieds dans son ancien bureau et il ne lui avait même plus rien dit, de toute façon il n'aurait pas compris, cet abruti. S'il y avait une chose qu'il avait toujours détestée, c'était de donner des ordres. Il était si heureux quand, pendant son voyage de Hannsdorf à Trieste, sans franchir aucune frontière parce qu'il y avait encore l'empire des Habsbourg et qu'il était inimaginable qu'un jour il puisse ne plus exister, il s'arrêtait le soir dans quelque *Bauernhof* morave, demandait s'il y avait quelque chose à faire et qu'on lui disait de couper un peu de bois ou de ramasser les feuilles mortes. On lui donnait une scie ou une petite hache, il ôtait sa veste et se mettait au travail. Le bois tombait sur le sol avec un beau bruit sourd, les copeaux bondissaient un peu partout, il flottait une bonne odeur et même si c'était l'hiver il était en bras de chemise, il n'avait pas froid. Ensuite, on lui donnait un peu d'argent et il s'en allait, le monde était vaste et beau.

Quand il passait la nuit dans une grange, il s'endormait tout de suite. Il avait toujours aimé dormir, la vie avait le bon goût de disparaître pour un tiers; une heure de néant heureux pour deux de fatigues et de malentendus, ce n'était pas un mauvais contrat. Le matin, en voyage, il se levait très tôt; pendant quelque temps, l'obscurité prolongeait cet heureux néant. Il sortait, l'herbe était gelée; sur le seuil il gobait un œuf frais, puis mettait son sac sur l'épaule et partait. Les chansons des rémouleurs et des cordonniers de Moravie lui revenaient en mémoire. Des chansons allemandes : les Allemands savent obéir et chanter, c'est la même chose, ça consiste à dire oui.

Plus tard il avait été difficile de ne pas commander, quand il avait acquis puis développé une entreprise de métallerie, une société de construction et une autre de transport, qu'il avait ouvert des filiales et nommé des chefs de service et des directeurs, investi de plus en plus d'argent dans des initiatives de plus en plus grande envergure. Mais même là, avec quelques petites astuces, il y était arrivé. Au début, il s'était simplement un peu renseigné autour de lui sur les titres à acheter ou à vendre, sur les spéculations dans lesquelles se lancer. Il écoutait les avis des autres, de ceux qui depuis longtemps fréquentaient cet univers, il les tournait et les retournait de façon que les autres finissaient par croire que c'était lui qui avait eu ces idées et élaboré ces prévisions qui anticipaient certains mouvements du marché à la satisfaction des rares personnes qui les avaient vus venir. La même chose, à plus grande échelle, s'était produite ensuite avec les administrateurs et les conseillers de ses sociétés. Il lui avait suffi d'un peu d'habileté et surtout d'un ton assuré et sans appel pour qu'ils ne s'aperçoivent pas que c'étaient eux qui bien souvent lui avaient suggéré ces décisions et ces mesures qu'à la fin il imposait sèchement et sans discussion. Et eux, ils ne s'en étaient pas aperçus, pleins de respect et d'égards – presque d'appréhension, à en juger par leurs visages tendus –, dans l'attente des décisions qu'il prendrait sans admettre d'objections ultérieures. Commander, et même sèchement, c'était peut-être le seul moyen de tenir à distance la meute féroce qui vous traque de tous côtés : attaques explicites ou voilées ; requêtes de tout genre – y compris bienveillantes ; foule qui sollicite, invite, écrit, téléphone, offre et prétend ; demandes d'aide, compliments et protestations, obligation de participer à un dîner ou de visiter une exposition, propositions et projets, anniversaires, célébrations, obsèques, mariages, fêtes auxquelles on ne peut se dérober, initiatives éclairées qu'il faut soutenir… et tout ça pour empêcher quelqu'un d'aller un peu flâner dans les rues, de s'asseoir sur un banc. Commander, c'était un moyen de couper court et de prendre le large, de congédier les troupes et de rester en paix. Commander, même ainsi, n'était pas en soi agréable, mais ce n'était pas mal d'avoir appris très vite cet art de se défendre.

Une règle, si elle est valide, l'est dans tous les cas. La vie ne connaît pas d'exceptions, ses lois sont les mêmes pour tous, comme celle de la pesanteur. Pour son mariage aussi, il s'en était tenu à ce principe. À la maison c'était toujours Anna qui avait décidé de tout, et il en avait été heureux. Anna était belle, avec ses yeux noirs et ses épaules si brunes en été, et quand elle se tournait vers lui en levant la bouche pour un baiser, il n'y avait pas à discuter. Il avait toujours dit oui, à table comme au lit ; certains jeux, aussi, c'était elle qui les avait inventés et imposés, sans en avoir conscience cependant, dévote comme elle était, et elle avait continué à le tyranniser et à décider, despotique sans le savoir, des déménagements, des villégiatures, des repas, de la scolarité des enfants, toujours persuadée de ne faire que suivre sa volonté à lui. Il y avait longtemps qu'Anna n'était plus là, et depuis tout était devenu opaque ; il se souvenait parfaitement de l'amour, jusque dans les moindres détails, mais comme de quelque chose d'impersonnel, qui pouvait tout aussi bien être arrivé à quelqu'un d'autre. Il avait été doux, en tout cas, de rentrer le soir à la maison au sortir d'une assemblée d'actionnaires ou d'un conseil d'administration, parfois d'une place voisine parfois d'une grande ville lointaine, de faire enfin ce qu'on lui disait, après avoir lutté et même braillé toute la journée pour imposer aux autres ce qu'ils devaient décider et faire, les persuader non seulement que c'était un bon choix, le seul, mais aussi qu'ils étaient déjà d'accord. Parfois, s'il le fallait vraiment, il tapait du poing sur la table, mais cela se produisait rarement. Il s'étonnait lui-même de la gêne croissante qu'il éprouvait quand il donnait sèchement des ordres et s'étonnait encore plus que les autres, en écoutant les dispositions qu'il avait prises, ne s'en aperçoivent pas.

À la maison, en revanche… ce n'était pas à lui de décider s'il devait changer de tenue ou pas, si c'était le moment de passer à table, s'il était d'accord ou pas pour inviter à dîner la semaine suivante les Benazzi et les Segelmeier. Il avait même appris à accepter passivement, sans réagir, les éclats parfois agressifs et immotivés d'Anna, ses piques soudaines – *tacàde*, en dialecte triestin – qui naissaient d'imprévisibles sautes d'humeur, de qui sait quels ressentiments. Il n'aimait pas ces moments où elle explosait. Les accès de mauvaise humeur, le sentiment de mal-être, les états d'âme sont des reflux acides qu'on se doit de contenir quand on est bien élevé. Et cette rage de se sentir incomprise, on voyait à quel point ça la gratifiait de subir des torts véritables ou présumés… Mais il n'en faisait pas un drame, il interposait entre ces débordements et lui un rideau moelleux et impénétrable.

Anna – oui, il pouvait dire qu'il l'avait aimée, même s'il ne voyait pas très bien ce que ça pouvait vouloir dire. Quand il pensait à elle, il n'aurait pas su expliquer si son cœur se serrait ou s'élargissait – en souvenir parfois il la désirait, ses pieds qu'il aimait baiser, ses cheveux flottant sur ses épaules et retombant devant ses yeux quand elle était au-dessus de lui, dans cette position qu'elle affectionnait. Et pourtant il n'aurait pas pu dire s'il sentait qu'elle lui manquait. L'autre, même quand il s'agit de l'être le plus aimé, est toujours de trop, il complique les choses.

Mais cette maison, cette terrasse sur laquelle il allait fumer, c'était son œuvre à elle, Anna, et il était si doux, après avoir tellement navigué, de manger la fleur de lotus, étendu sur le rivage ;

murmure d'une mer qui s'apaisait, s'atténuait et glissait vers le sommeil imminent. Un sommeil bref, le repos du guerrier qui peu après, dans son bureau, reviendrait donner des ordres, faire ployer les difficultés et les retourner comme un gant en les transformant en changements de direction qui le conduiraient, presque toujours, à la victoire.

Non, ces passes d'armes dans les conseils d'administration, entre personnes bien éduquées, certes, mais parfois âpres et souvent sans intérêt, n'avaient pas été agréables. Maintenant au contraire, assis dans sa loge, il retrouvait la paix de ces dîners à la maison, de cette brève pause qui réchauffait la journée entière. Depuis le soupirail il saluait les locataires qui entraient et sortaient en passant devant la conciergerie ; il prenait son journal et son regard courait entre les lignes comme entre des vagues agitées par un léger souffle de vent ; les nouvelles, au fond, lui étaient indifférentes, elles disparaissaient, englouties entre une vague et la suivante. Il mettait de côté le journal, fermait à demi les yeux, surtout quand un soleil aveuglant entrait par la fenêtre qu'il ne se souciait pas de voiler par le rideau. Les choses se succédaient, changeaient de couleur, se perdaient, revenaient sous ses paupières, visages bien connus qui soudain étaient autres et dont il n'aurait pas su dire à qui ils appartenaient. Il essayait de les retenir mais ils s'étaient déjà évanouis, comme les heures paresseuses et inexorables. Et il sentait de plus en plus souvent sur ses lèvres ce sourire qui montrait ses dents, c'était presque un tic.

Il tourna au coin de la vieille rue du Borgo Teresiano, il n'était plus très loin maintenant. Un chien levait la patte contre le mur, le filet d'urine descendait en serpentant et disparaissait entre les pierres, il aimait sa couleur jaunâtre. Après la mort d'Anna, il avait dû faire le point avec les ordres et les interdits les plus explicites. Chiara, par exemple, ne voulait pas que Mitzi Matzi grimpe sur les fauteuils, parce qu'il les griffait et laissait des poils partout ; pour contourner cette prescription, il avait dû user d'une tactique complexe, longuement et prudemment élaborée, finalement couronnée de succès mais qui exigeait de rester toujours vigilant. Dans la famille, on l'aimait et lui aussi aimait les siens. Le baiser de Chiara sur sa joue lui rappelait certains matins dans les bois de Moravie, avec le soleil pur faisant son apparition et le vent léger sur son visage. Marco, son fils, s'attardait volontiers à discuter avec lui ; Paola aussi, sa fille, qui vivait à Zurich, lui téléphonait et lui écrivait souvent ; ses deux petits-enfants lui posaient des tas de questions.

Cela lui faisait plaisir, même s'il aurait mieux aimé écouter que parler ; quand on l'interrogeait sur la Moravie d'avant la Grande Guerre, il lui semblait avoir une foule de choses à dire, mais ensuite elles mouraient sur ses lèvres et alors il faisait semblant d'avoir perdu le fil, à son âge il en avait le droit, comme ça on le laissait tranquille. Il aimait ses petits-enfants, mais Hannsdorf, avec sa scierie qui sentait bon le bois et la résine, avec le *burčák*, le vin nouveau à peine vendangé, était bien plus proche de lui. Heureusement la maison était grande ; on pouvait y être seul et laisser seuls les autres, son fils, sa belle-fille, ses petits-enfants, sans être un poids pour eux.

Eux aussi le laissaient en paix, ils ne l'entouraient pas de ces restrictions prévenantes qui font de presque tout vieillard un prisonnier. Personne ne lui avait jamais demandé pourquoi, depuis quelque temps, il sortait tôt et restait dehors longtemps. Peut-être se disaient-ils que beaucoup de personnes âgées sont matinales. Même quand il ne rentrait pas pour déjeuner – alors qu'il aurait pu le faire, il y avait carrément deux heures de pause, les syndicats ayant obtenu cet avantage – et qu'il invoquait en bredouillant au téléphone une vague obligation ou invitation, ils ne faisaient pas d'histoires. Certes, il était possible qu'ils sachent tout, c'était même probable, mais ils faisaient comme si de rien n'était. Tant mieux. Il aurait quand même dû vérifier s'ils avaient découvert la chose, pour mieux s'adapter. Il essaya de se demander comment il pourrait s'y prendre pour savoir s'ils étaient au courant, et de quoi exactement. S'il avait acquis la certitude qu'ils avaient tout découvert et décidé de laisser courir, il en aurait profité pour rester dehors même la nuit, sauf le samedi et le dimanche, pour ne pas exagérer. La loge de concierge était petite, mais plus que suffisante. Ce serait si bon de se réveiller là-dedans, seul, alors que les locataires dorment encore dans leurs appartements et que le portail est encore fermé, et d'entendre, venant de la rue, les premières rumeurs du matin, qui chez lui ne pouvaient pas monter jusqu'à sa chambre située au troisième étage et donnant sur une cour intérieure presque toujours déserte. À peine sorti de la loge, une fois franchi le portail, il y aurait la rue avec ses bruits de voix et le bar avec les gens qui s'assoient pour prendre un café en disant bonjour, quelle chaleur déjà à cette heure, Piero, un spritz ! Tout était en mouvement, certes, et pas seulement les voitures qui disparaissaient vite ou les nuages – lui, c'était surtout le soir qu'il les aimait, drapeaux rouges déchirés par le vent –, mais dans la loge ou au café, on avait l'impression d'être immobile. Et aussi longtemps que ce qui bougeait, voyageait vers qui sait où, dans le monde et dans l'univers, c'étaient les autres, les choses, le sillage d'un avion qui s'effilochait là-haut dans le ciel, tout allait bien.

Il pressa le pas, car il était presque en retard et les locataires auraient à juste titre protesté si la loge et le portail n'avaient pas été ouverts à l'heure. Mais maintenant il était arrivé, et dans les délais. L'immeuble de quatre étages, ingrat et blême, devait dater des années 40. Quand il l'avait acheté, il ne s'occupait déjà plus personnellement de sa société immobilière. L'administrateur de l'ensemble du parc s'appelait Repetti. Il essaya en vain de se représenter mentalement son visage, il ne savait plus s'il l'avait jamais rencontré, sans doute pas.

Il ouvrit le portail, remit la clé dans sa poche, en sortit une autre et ouvrit la loge. « Bonjour, monsieur », dit-il à l'ingénieur qui sortait et qui lui répondit distraitement. Bientôt, Mme Weber allait descendre avec ses deux chiens ; il fallait prendre garde qu'elle ne les laisse pas courir dans l'escalier et faire leurs besoins sur le palier, sinon les autres s'en prendraient encore à lui. Elle était vraiment mal élevée, et croyait déchoir en daignant répondre à un concierge. Ensuite il faudrait remettre à l'avocat du troisième un colis arrivé la veille au soir après la fermeture du cabinet et qu'on lui avait laissé à lui, il avait même signé l'accusé de réception.

Cela n'entrait pas dans ses attributions, mais vu que sur leur boîte aux lettres la plaque des Nigris pendait de guingois, il prit un tournevis et la revissa patiemment, jusqu'à ce qu'il la voie de nouveau bien fixée à sa place. Vint ensuite un marchand ambulant, un Sénégalais qui vendait des lunettes et des briquets ; il lui acheta une paire de lunettes de soleil, lui demanda s'il avait de la famille et le questionna un peu sur le Sénégal, mais il ne l'autorisa pas à prendre l'escalier, car le règlement l'interdisait.

La porte de l'ascenseur était tout écaillée, une véritable honte. Il n'était pas absolument certain d'y être autorisé, mais il décida d'écrire à l'administration pour demander qu'elle soit repeinte ; il en profiterait pour signaler que les locataires du deuxième étage s'étaient plaints à nouveau du tapage nocturne des occupants de l'appartement du dessus, qui avaient une fois de plus organisé une fête avec de la musique à plein volume.

Il prit du papier et commença. C'était Repetti qui lirait la lettre. Qui sait jusqu'à quand il allait continuer à ne s'apercevoir – ou à faire semblant de ne s'apercevoir – de rien, à ne pas faire le rapprochement entre son nom et celui de l'insaisissable propriétaire de la société immobilière, et donc aussi de cet immeuble. La dernière société qui lui appartenait encore ; les autres, de divers types, il les avait liquidées. Celle-ci, en revanche, et donc aussi cet immeuble qui en faisait partie, était à lui, Giuseppe ou plutôt Joseph Della Quercia, né Eichholzer, fils de Karl, maréchal-ferrant à Hannsdorf, petit-fils d'on ne sait qui, ex-président de différentes choses, même s'il n'aurait pas su dire exactement lesquelles.

Peut-être que Repetti lui aussi, comme son fils et sa belle-fille, savait tout. Et après ? Peut-être qu'on l'avait engagé parce qu'on avait compris tout de suite qui il était lorsque, deux ou trois mois plus tôt, ayant appris par hasard que dans cet immeuble il y avait un poste de gardien vacant et qu'on ne parvenait pas à le pourvoir, il avait envoyé une demande, s'était présenté au secrétariat administratif chargé du recrutement et, après un bref entretien, avait été accepté. En effet il n'était pas trop âgé, encore vif et tout bien considéré en bonne santé ; on ne trouvait presque plus personne et en tout cas aucun jeune prêt à accepter un emploi de concierge, et il n'était donc pas étonnant qu'on ait engagé quelqu'un qui avait déjà un certain âge. À supposer même qu'on l'ait pris parce qu'on s'était aperçu qu'il s'agissait de lui – chose improbable, compte tenu de la distance qui sépare les bureaux chargés de gérer les affaires courantes et la salle où se réunit le conseil d'administration –, eh bien tant mieux. Il avait lui-même décidé, du reste, que si on avait refusé sa candidature, il aurait fait usage d'une façon ou d'une autre de son autorité ; il les aurait obligés à lui attribuer cet emploi, avec les charges et les services afférents.

Il termina sa lettre et alla la poster dans la boîte qui se trouvait juste devant l'immeuble, sur le trottoir d'en face. Qui sait à qui reviendrait la décision de repeindre, et quand, la porte de l'ascenseur ; il s'agissait d'une dépense modeste, qui ne nécessitait pas une autorisation accordée en haut lieu. De toute façon, une fois de plus, ce ne serait pas à lui de décider, même si l'argent, en fin de compte, ce serait à lui de le sortir. Mais avec ce *lui*-là, il n'avait pas grand-chose à voir, de moins en moins. Il s'éloignait chaque jour davantage de cet individu, de ce lui-même abstrait qui parfois lui semblait un simple homonyme, et qui continuait de temps en temps, dans son bureau, à signer mécaniquement des actes – uniquement ceux d'une certaine importance – qu'on lui soumettait ; il se débarrassait peu à peu de lui, comme on ôte un habit de cérémonie que l'on range dans une penderie. C'était cela, vieillir ? Il lui semblait vraiment que c'était l'autre qui vieillissait, en prenant de plus en plus d'années et de choses sur son dos, comme un portemanteau de plus en plus surchargé, tandis que lui, au contraire, devenait au fil du temps plus léger, plus agile.

Tout redevenait facile, plus rien ne lui pesait depuis qu'il n'était plus obligé de commander. Cela avait été son lot pendant si longtemps, des années et des années épuisantes et interminables, peut-être depuis le premier instant où il était arrivé en ville, laissant à jamais derrière lui la Moravie et ses forêts. Puis, d'un seul coup, cette nécessité avait disparu et le monde était devenu un ballon rouge, qui ne pesait pas et qu'on pouvait à tout moment laisser s'en aller à sa guise. C'était arrivé depuis peu, quelques mois, un an ou un peu plus peut-être, il était difficile de dire depuis quand, mais ça n'avait pas d'importance. Il ne tenait plus compte du temps, il lui arrivait de confondre les mois et les semaines, et parfois le matin, quand il avait eu de l'insomnie, il ne savait pas s'il avait dormi quelques minutes ou quelques heures.

Il n'aurait pas pu dire exactement quand, mais il savait que ce besoin de commander, de vaincre avait pris fin. À Hannsdorf, quand certains soirs le ciel s'éloignait, les ombres mouraient dans l'herbe silencieuse et le monde devenait soudain immense et glacial, on pouvait pleurer en cachant son visage contre l'épaule de sa mère. En ville, parmi les immeubles imposants et les navires qui entraient dans le port, on ne pouvait pas pleurer pour éliminer ce nœud qu'on avait dans la gorge, l'angoisse du petit enfant perdu dans l'hostilité des choses et des hommes également prêts à blesser. Il ne restait plus qu'à hausser impérieusement le ton, à parler plus fort et plus durement que les autres, à monter dans les autos tamponneuses de la fête foraine, qui au début faisaient peur, et à se mettre au volant en fonçant brutalement sur les autres et en écartant de la piste ceux qui viennent se jeter sur vous. Ce désarroi, au fond du cœur, était toujours là, mais le carnet de chèques était une bonne cuirasse et le smoking, la décoration à la boutonnière et le titre de chevalier de l'ordre du Mérite constituaient eux aussi une armure rassurante, quoique lourde.

Puis un matin, au lever, cette angoisse secrète avait disparu, envolée comme un oiseau d'un épais et sombre feuillage. Peut-être était-elle allée se poser sur l'épaule de l'autre, de celui qui signait encore des décisions importantes, même s'il les comprenait de moins en moins. Il s'était soudain trouvé libre, seulement intrigué et non plus harcelé par les choses ; il ôtait de ses poches les cailloux ramassés pendant toutes ces années et courait dans les prés, comme à Hannsdorf, sans peur ni besoin de rien. À présent le monde était un chien qui ne pouvait plus le mordre mais se mettait à courir et à jouer avec lui.

Il revint sous le porche. Il allait faire très chaud, et pourtant dans l'entrée régnait une fraîcheur profonde. Y pénétrer, c'était comme traverser une cascade, passer de l'autre côté ; le silence de l'escalier assourdissait les bruits du monde extérieur, de sorte que bientôt on avait l'impression de ne plus rien entendre. Même les voix de son fils, de sa belle-fille et jusqu'à celles de ses petits-enfants s'éloignaient, s'évanouissaient.

Un grand ficus ombrageait les marches, forêt sombre resplendissant dans la faible clarté. Un chat se faufila entre ses pieds, qui sait comment il avait fait pour entrer, et il le poussa délicatement dehors, car le règlement de l'immeuble interdisait la présence d'animaux errants. Un géranium flambait à la fenêtre, attisé par le soleil qui irradiait la cour. Même les plaques des boîtes aux lettres brillaient. Le facteur allait arriver, il se plaindrait comme d'habitude de son beau-frère qui s'était incrusté chez lui et ne voulait plus en partir. Il rangea un livre dans un tiroir, sortit d'un autre une photo de son mariage et deux vieilles cartes postales de Hannsdorf et resta quelques instants à les regarder. Le facteur était là, il s'avança à sa rencontre. Le soleil s'était déplacé, ses rayons ne frappaient plus le géranium mais les vitres de la fenêtre, la traînée lumineuse se reflétait sur le mur et le coupait d'un coup de sabre. Quand un peu d'air faisait bouger la fenêtre entrouverte, la traînée partait comme une flèche, lançant contre le mur de rapides fendants.

« Ce soir, il va pleuvoir, dit le facteur, il fait déjà une chaleur étouffante, mais le vent de la mer commence à se lever, vous verrez, il balaiera tout, on en a bien besoin. » Lui, il souriait, et sa lèvre un peu relevée laissait voir ses dents.

Leçons de musique

Le Maître s'arrêta un instant pour regarder la villa, maintenant assez proche. Il haletait un peu, un peu plus que ne l'eût requis la légère pente de la rue. Il avait involontairement pris cette habitude de souffler de temps à autre sans nécessité, une petite manie que son corps avait inopinément réclamée, comme les vieux se permettent des caprices, des incartades, petits riens versés à titre d'acomptes pour le règlement du grand désaccord avec la réalité. Il voyait déjà le portail, les volutes de fer forgé dont l'entrelacs dessinait des couronnes et la véranda couverte de plantes grimpantes, à l'avant du salon où déjà devait sans doute l'attendre Vilardi. Disons plutôt le maestro Vilardi, puisque désormais ce titre revenait à l'autre plus qu'à lui, Salman Meierstein, professeur de conservatoire fort apprécié certes, mais rien de plus.

Ce trajet, il l'avait bien des fois parcouru en voiture. Madame envoyait son chauffeur le chercher, la grande limousine noire remontait la rue tracée à mi-pente sur le coteau, dominant la mer infinie, puis entrait dans le parc. Un valet l'accompagnait au salon, son élève lui tendait une main molle et moite, le valet revenait avec le café et avec Madame, qui restait quelques minutes, parlant de son mari, le sénateur décédé depuis longtemps déjà, et de ses terres, domaines et maisons de campagne dans le Frioul, qui étaient tout autre chose que cette villa en ville, puis elle le laissait en tête à tête avec son fils, pour la leçon. Le jeune homme prenait son violon et commençait à jouer. Salman écoutait, les yeux mi-clos, approuvait de la tête quelques beaux staccatos, reconnaissait dans les différents morceaux l'exécution appliquée qui lui était désormais familière, parfois quelque chose de neuf, qui fulgurait et s'éteignait aussitôt parmi tant de choses attendues et qui l'effleurait en un spasme douloureux. Ensuite il intervenait, modifiait, suggérait un coup d'archet ingénieux qui lui venait à l'esprit, un vibrato plus intense ou une reprise plus enlevée, souvenirs de la façon de jouer de quelque *Jossele* de cour d'auberge qu'il avait entendu avant de quitter la Pologne. Il lui semblait être ce maître d'école qui, au *cheder*, avait l'ambition de suggérer à ses élèves des images originales, de leur apprendre non seulement à écrire, mais aussi à écrire poétiquement, en les y poussant par des moitiés de phrases qu'ils devaient compléter : « Le Seigneur dispersera les ennemis d'Israël comme le vent d'automne disperse les, les… feuilles du, du… » De la même manière il prenait, lui, son violon, parcourait l'instrument avec son archet et invitait ensuite son élève à continuer, à introduire une variation, à chercher. L'autre obéissait, évitant son regard. Puis la voiture le ramenait chez lui, et une fois par mois le secrétaire de Madame lui remettait une enveloppe.

À l'époque, il était revenu depuis plusieurs années à Trieste, après la guerre et l'Holocauste. Son père n'avait jamais voulu remettre les pieds en Italie, n'ayant pas pardonné à ce pays sa grande trahison. Salman se rappelait la première fois où son père était venu à Trieste, un an environ après le reste de la famille. En Pologne, à Bilgoray où ils habitaient et où Salman était né, la vie n'était pas facile pour un Juif – et plus difficile encore dans la toute nouvelle République de Pologne que dans l'empire des Habsbourg disparu quelques années auparavant. Il avait vaguement souvenir d'humiliations, de moqueries, de peurs. Son père, un Juif orthodoxe arborant caftan et papillotes et ne parlant que yiddish, avait ouvert au début des années 30 une filiale de son négoce à Trieste, et sa famille était venue s'y installer. En Italie régnait le fascisme, qui à cette époque n'était pas antisémite, surtout à Trieste, grâce aux traditions de la communauté juive, empreintes de libéral-nationalisme et de patriotisme. Il avait la main lourde contre les Slaves, mais le podestat Salem, représentant influent de la communauté hébraïque, était bien vu de tout le monde et cher au régime. La famille s'était intégrée tranquillement dans la ville, et le petit Salman était devenu *balilla*. Un an plus tard, son père les avait rejoints à Trieste, et avait été enthousiasmé par la situation des siens, enfin sereine, et particulièrement fier de l'uniforme noir de son fils, honneur martial difficilement imaginable pour un enfant juif en Pologne. Lui qui portait toujours son vieux caftan, il obligeait le petit Salman à ne se montrer dans les rues qu'en tenue de *balilla*, en tâchant de croiser quelque hiérarque fasciste. Quand cela se produisait, il tirait son fils par le bras et lui disait : « Hejb die Hand, meschugge ! » Lève le bras et salue, imbécile ! « Ce Mojschale – c'est ainsi qu'il appelait Mussolini –, il fait tout pour nous », ajoutait-il avec satisfaction.

Son père s'était donc lui aussi transféré à Trieste, par amour pour Mojschale-Mussolini, et ensuite ils avaient tous dû s'enfuir, parce que les lois raciales étaient arrivées. Depuis ce temps-là, il lui semblait que la vie était, même en d'autres circonstances, la méprise de quelqu'un qui prend Mussolini pour Mojschale. De Bilgoray à Trieste, de Trieste en Palestine puis en Amérique, puis de nouveau à Trieste. Qu'est-ce qui avait bien pu le ramener dans cette ville que l'Histoire avait perdue en route, sur ce dernier rivage de la vieille Europe ? Hejb die Hand, meschugge !

Il reprit la montée. Devant lui, au-dessous de

lui, il y avait la mer, quelque chose d'extrême, une ultime passe dont il se détournait, avec la défiance atavique du continental. Lorsque, enfant, il était arrivé à Trieste et avait vu la mer pour la première fois, il avait vu le soleil se coucher dans ce bleu et depuis, la mer, même ce golfe où s'achevait l'Adriatique, était toujours restée dans son esprit le lieu du couchant, la solitude océane que les mots occident et occidental évoquaient pour lui. Sa Mitteleuropa était faite de plaines, de montagnes, de maisons, d'endroits où l'on se couvre chaudement, d'hôtels bon marché dans lesquels on se lave le visage et les mains au lavabo, et elle finissait là où commençait l'eau, n'importe quelle eau, n'importe quelle mer. Il avait même essayé – une seule fois dans sa vie – de traduire en notes, dans ce langage qu'il connaissait et savait si bien enseigner à des générations d'élèves au Conservatoire, cette musique qu'il entendait murmurer comme une sirène dans ces consonnes palatales si douces, *occidente*, *occiduo*, *occidentale*, mais ça n'avait rien donné. Les sirènes ne sont pas faites pour un Juif de Bilgoray. Qui sait si son ancien élève, dont les concerts jouissaient depuis plusieurs années d'une certaine notoriété, serait capable de composer quelque chose sur cet appel et cette répulsion, sur ce dernier rivage, sur ce désir de détourner son regard de l'Ouest marin et de le reporter en arrière, vers l'Orient familier et crasseux de ses aïeux, vers cette autre Europe. Mais il ne lui en avait jamais parlé, il n'était pas généreux au point de lui faire cadeau de cette douloureuse indécision. Et puis il pensait que l'autre, pourtant si plein de bonne volonté, et aussi d'ambition, quoi de plus normal, n'aurait sans doute pas compris. Par ailleurs, ces dernières années, ils avaient eu peu d'occasions de se parler, depuis que l'autre, en plus de s'occuper de ses terres, faisait des tournées un peu partout en Europe et que c'était lui, l'autre, qui était devenu le Maître.

Il était arrivé au portail, et tout de suite un valet le fit entrer dans le salon. Presque rien n'avait changé ; il n'y avait que Madame, sa mère, qui était morte, et la mort de quelqu'un n'est qu'une éraflure sur la réalité, comme Salman le savait bien, lui qui faisait partie d'un peuple habitué à mourir par millions sans dévier de son chemin. Vilardi vint à sa rencontre, avec une affabilité obséquieuse et condescendante. Dans son visage qui s'était empâté, ses yeux étaient devenus plus petits, deux fentes mobiles et inquiètes. Il s'informa avec empressement de la santé de son hôte, de ce que ça lui faisait d'être maintenant à la retraite du Conservatoire. La conversation se poursuivit, cordiale et vague, pendant une demi-heure. Au-delà de la véranda, la mer, immobile, était couleur de fer.

« Je voudrais vous montrer quelque chose, Maître », dit tout à coup Vilardi en se penchant anxieusement vers lui, presque jusqu'à l'effleurer, en une proximité que Salman, malgré les générations de promiscuité du ghetto qui coulaient dans ses veines, ressentit un instant comme inconvenante, à la limite de l'impudeur. « Jouer est une belle chose, certes, un art unique, et moi, grâce à vous aussi, dans le fond je peux dire que, modestement… mais après tant d'années et tant de concerts, tant de musique créée par d'autres, par de grands compositeurs… j'ai pensé que peut-être. Et il m'est venu l'idée… oui, enfin, d'une composition, un retour à la tonalité, en un certain sens, à une hiérarchie des sons… bien entendu informé, je dirais même nourri par la grande révolution atonale… comment dire… en un certain sens un retour à ce romantisme d'où est née la dissonance du moderne, qui a ensuite bouleversé la tradition, y compris la tradition romantique… mais qu'est-ce que je suis en train de vous raconter, vous savez tout cela mieux que moi… Si vous vouliez jeter un coup d'œil, j'en serais très honoré… Naturellement, il s'agit seulement d'un début, d'une ébauche… »

Vilardi se retourna rapidement, ouvrit un tiroir, en sortit une liasse de feuillets qu'il tendit à Salman tout en les serrant avidement entre ses doigts, comme un de ces petits merciers juifs que Salman, enfant, avait vus en Pologne. « Intéressant, intéressant », murmura Salman en prenant les feuilles qui lui glissaient des mains et en les parcourant dubitativement. D'innombrables *do* dièse *si* bémol clefs de *sol* fuyaient entre ses doigts qui essayaient de remettre en ordre les feuilles, fourmilière d'insectes noirs, minces chenilles de qui sait quels papillons, tatouages nocturnes sur des ailes délicates. « Un langage, comment dire, oui, intense… je vais lire tout cela attentivement, bien entendu, mais il est certain, à en juger par ce début, que c'est vraiment... » L'autre le regardait, bouche molle et veule sous des yeux de rapace. « Et si ensuite vous me disiez ce que vous en pensez ou si peut-être vous me donniez un conseil... » Salman leva les yeux, encore pleins de ces notes qu'il venait de lire, et croisa un instant ceux de Vilardi; il essaya de s'en détacher avant que l'autre puisse lire dans les siens ce qu'ils disaient, mais il comprit que l'ordre hésitant et contradictoire émis par son cortex cérébral pour voiler son regard et le dissimuler sous ses lourdes paupières était arrivé trop tard. Comme cette habitude qu'il avait prise depuis peu de souffler, cette moindre rapidité aussi était un avertissement. Non, la vieillesse, ce n'était pas le bonheur, même s'il n'y avait plus rien de vraiment sérieux. Ils restèrent silencieux quelques secondes, puis le maître de maison se recula, s'abandonna sur le dossier de son fauteuil. « À votre convenance, naturellement, rien ne presse, comme vous le savez je suis sur le départ... et puis d'ailleurs, entre autres, le directeur du Théâtre de Salzbourg aussi, il y a tout juste une semaine... Je pensais surtout que vous seriez peut-être intéressé, plus loin, vous verrez, par le passage que j'ai intitulé *Kaddish*, en hommage à la tragédie du peuple juif, à la tragédie européenne, à la tragédie de votre peuple… »

« Ah, oui, ça, c'est vraiment… » Salman s'était levé. « Merci, merci de me faire confiance. Alors, d'ici quelques semaines… » « Bien sûr, ce sera parfait, je vous répète que rien ne presse, quand je serai rentré de New York, de ma tournée américaine. Maintenant, si vous le permettez, je vais vous faire raccompagner en voiture. »

Presque allongé dans l'automobile, Salman regardait les choses fuir vers l'arrière, et il se dit qu'après cet échange de regards la villa et le salon et la véranda étaient eux aussi derrière lui pour toujours, désormais. Il revit le regard de l'autre qui lisait dans le sien, et il se demanda à quoi servait cette habitude ancestrale de garder les paupières baissées si juste au moment où elle aurait été utile on devait à cause d'une stupide lenteur de réflexes lever le rideau et laisser voir irréparablement l'intérieur. Quelques gouttes de pluie commençaient à tomber, et agacé il remonta la vitre. Irréparablement ? Il s'aperçut que, comme souvent, son pantalon était ouvert sur le devant, et il rajusta soigneusement les deux boutons. Peut-être n'y avait-il pas lieu de prendre au tragique un coup d'œil, même embarrassant, et cette sensation de quelque chose de définitif. Son père était mort, Madame était morte, et tant d'autres de façon autrement terrible, et il n'en avait pas moins continué à donner ses cours au Conservatoire, à manger, à dormir, à mentir, il en avait seulement pris un peu plus à son aise. Et un coup d'œil regrettable devrait avoir plus d'importance que le vieillissement, que la confiance en Mojschale, que la mort, ce devrait être qui sait quelle révélation ? Il n'allait pas sombrer dans le ridicule. Cette partition, il allait la lire, et même finalement avec intérêt, bien que ce fût comme s'il la connaissait déjà. Mais après tout, il pouvait s'y trouver, ou plutôt il s'y trouvait sûrement des attaques heureuses, des passages habiles et agréables, quelques maladresses pardonnables à corriger, et pourquoi pas de l'imagination, de la passion. Oui, il pourrait sans doute le féliciter sincèrement de cette composition, et cela lui ferait même plaisir, à lui plus encore qu'à l'autre.

Temps courbe à Krems

Krems, dont en 1153 le géographe arabe al-Idrīsī célébrait la splendeur, qui selon lui surpassait celle de Vienne, ressemble aujourd'hui à Vineta, la ville submergée par les eaux, dans les rues de laquelle, au fond de la mer, on voit parfois, dit la légende, se déplacer des gens habillés à l'ancienne. Un passant sort d'un portail parmi les ruelles, dans l'ombre de cette heure des personnages descendent des tapisseries dans la vie. À Stein, encore plus assoupie, non loin de la plaque à la mémoire de Köchel, à qui l'on doit le catalogue des compositions de Mozart, le pharmacien s'anime en voyant arriver, chose insolite, un étranger ; il lui montre avec fierté sa pharmacie tout entière et lui vante les gloires de sa ville, non sans dénigrer Krems, écho de vieilles rivalités de clocher entre ces deux petites villes de la Wachau.

Le décor sied à la petite inversion du rapport de cause à effet qui s'est vérifiée ce soir-là à Krems. Une modeste auberge renommée pour son vin (célébré par l'empereur Maximilien mais, disons-le, jugé par d'autres un peu âpre) avait été choisie pour fêter ma brève gloire de ce jour, due à une conférence sur Kafka que j'avais donnée l'après-midi à Klosterneuburg, l'Escurial viennois, qui conserve les reliques de saint Léopold, le duc Léopold III de Babenberg, et qui porte haut l'obsessif pathos funéraire de Charles VI de Habsbourg, la coupole surmontée de la couronne et de la croix, la couronne des Habsbourg portée comme une croix.

Une conférence est toujours réussie, par définition, et l'art du professionnel apprend à suggérer de séduisantes profondeurs en feignant de les dissimuler derrière quelque *understatement* destiné à faire sourire. J'avais donc obtenu un certain succès, comme tout conférencier, même dans le cadre de cet illustre colloque, et les organisateurs, auxquels s'étaient mêlés les immanquables admirateurs et amis de circonstance, m'avaient emmené dîner, qui sait pourquoi, à Krems. Il avait neigé, ce qui accentuait le vide somnolent de cette petite ville ancienne et incitait à vivre ce présent, cette soirée, comme si elle était déjà passée, immatérielle et silencieuse tel un souvenir, doux néant dont la faible clarté ne semblait pas émaner de la réalité mais d'une image estompée et lointaine.

J'étais le protagoniste du dîner, bercé par les hommages de ce petit cercle. Avec discrétion mais autorité s'était jointe à notre groupe une dame de Trieste, mariée à un Autrichien et vivant depuis de nombreuses années à Linz, à une centaine de kilomètres. Fière de pouvoir établir une complicité familière avec le héros de la fête, cette dame me dit à un moment que sa cousine était allée en classe avec moi, et qu'elle lui parlait souvent de moi, de nous deux, de notre amitié du temps où nous étions au lycée ensemble. « Enfin, ce n'est pas vraiment ma cousine, c'est la femme de mon cousin, attendez, son nom de jeune fille, c'était… je ne sais plus, attendez, je l'ai sur le bout de la langue, elle s'appelait… »

Je n'ai jamais eu, malheureusement, de compagne de classe, j'ai grandi dans la sueur de caserne de classes où il n'y avait que des garçons ; je lui répondis donc qu'il devait s'agir d'une confusion, mais elle, elle insistait, cherchant à retrouver ce nom. J'ai en horreur la parapsychologie, et ce ne fut certes pas par complaisance pour l'occultisme, mais seulement avec surprise, que je m'entendis lui dire avec une tranquille simplicité, cependant qu'elle s'entêtait toujours à retrouver ce nom de jeune fille : « Vous voulez sans doute parler de Nori S., mais vous faites erreur, nous n'étions pas en classe ensemble, et elle ne peut pas se souvenir de moi, parce qu'elle ne me connaît pas, nous ne nous sommes jamais parlé. »

J'étais stupéfait, plus encore qu'elle sans doute, d'avoir posé un nom sur cette indétermination si floue tandis que, sidérée, elle acquiesçait et confirmait. Je n'avais pas le loisir de me demander d'où pouvait venir cette sobre et irréfutable certitude, car le plaisir que me procurait l'évident mensonge objectif de cette dame si bavarde, qui avait manifestement inventé cette histoire, l'emportait de loin sur la morale rationnelle qui aurait dû m'obliger à repousser une assertion ne correspondant pas à des faits. « Oui, en effet, c'est bien elle, mais comment avez-vous fait pour deviner, Nori, c'est cela, elle se souvient très bien de vous, elle parle souvent de vous... »

Je m'en défendais, certes, mais sans trop de sévérité, et cela ne m'empêchait pas de m'abandonner à une félicité claire comme l'eau d'un torrent. Le faux était grossier. Nori S. était en terminale quand moi j'étais en première, elle était très belle et inaccessible, avec des cheveux châtains qui frisaient, plus clairs, dans l'air lumineux des grandes fenêtres ouvertes ou mal fermées du lycée : tous les élèves étaient amoureux d'elle depuis des années, ils l'aimaient avec la fidélité compacte d'un régiment de la garde. Quand elle passait dans les couloirs, absorbée et les ignorant, elle faisait définitivement comprendre à des centaines de recrues du destin cet au-delà qui, comme le dit un célèbre poème de Montale, est écrit dans toutes les images et qui sur son visage et dans ses yeux clairs en amande était écrit encore plus nettement que dans ce poème.

Pour un garçon de dix-sept ans, une jeune fille enchanteresse qui en a dix-huit est plus inaccessible qu'une star d'Hollywood pour un professeur ; en général sans me surévaluer je ne me sous-évalue pas trop non plus à l'occasion, mais il est, il a été et il sera toujours impensable de combler la distance entre moi et Nori, celle qui existe entre chaque fantassin du régiment planté là au garde-à-vous et le drapeau qui se dresse dans le ciel et dans le vent. Dans notre amour commun pour Nori, nous apprenions l'universalité d'Éros, en quête de la généralité, de l'absolu, du divin, de l'Être qui se déploie sous les yeux de chacun, comme la clairière au milieu des bois du Monte Nevoso ou la mer qui s'ouvre à Miholašćica. Dans cet amour professé sans exception individuelle nous étions tous frères, comme devant la mort et devant l'avenir qui nous attendait, impénétrable à cause de la trop vive lumière de la jeunesse qui l'irradiait. J'enviais un peu quand même un de mes camarades, Stefanutti, qui, sans être pourtant tenu par elle en aucune considération, était connu et moqué par tous pour son amour sans retour ; il était pour ainsi dire l'amoureux transi officiel, notre délégué à tous. À l'évidence, la représentation était chez lui une vocation, qui devait plus tard le conduire à siéger sur les bancs de quelque assemblée, avec des charges certes bien moins importantes que celle de député des amoureux de Nori, mais en conservant malgré tout une fonction de représentant.

Je l'enviais parce que les moqueries et l'opinion générale le plaçaient en quelque sorte dans un rapport public avec Nori, fût-il de négation et de privation, alors que moi je n'avais avec elle aucun lien, même indirect et négatif. En effet je connaissais Nori mais elle ne me connaissait pas, de la même façon que je sais reconnaître le visage du président des États-Unis tandis que lui ignore le mien. Nori ne pouvait donc pas avoir parlé de moi à cette dame, étant donné qu'elle ignorait mon existence, que nous n'avions jamais échangé un seul mot et qu'il était impossible que je sois complément d'objet dans ses phrases, certainement aussi harmonieuses que le vol des mouettes. Je savourais l'ironie de la situation, car si d'un côté la dame se prévalait de la familiarité avec moi de sa toute récente cousine d'emprunt en se disant que cette proximité ferait rejaillir sur elle un peu de ma gloire éphémère de cette soirée, de l'autre la seule hypothèse – quoique indéfendable – que Nori ait parlé de moi constituait pour moi une promotion obtenue sur le champ de bataille, une médaille aux jeux Olympiques.

Je lui dis donc, tandis qu'elle protestait avec insistance de la véracité de ses dires, que j'étais heureux de ce mensonge, dont je lui étais reconnaissant, même si je savais que c'était un mensonge, et pendant tout le reste de la soirée je m'abandonnai au plaisir qu'il me procurait, je me laissai séduire par ce fait imaginaire comme par une musique, sans être troublé si peu que ce soit par la conscience que j'avais de son irréalité.

Cette soirée à Krems ne fut toutefois pour moi que l'ironique et tendre prélude à une revanche qui allait venir plus tard. Presque un an après, à Rome, un ami, comme nous parlions d'anciens camarades de lycée, me dit qu'il avait rencontré Nori quelques semaines auparavant en vacances, à la mer, et qu'elle se souvenait de moi et lui avait raconté diverses choses à mon sujet. Là, c'en était trop, malgré l'heure tardive, j'appelai le numéro de l'hôtel sur cette île où ils s'étaient rencontrés par hasard et avaient bavardé sur la plage. Pendant que j'attendais qu'on me passe la communication, je pris conscience de l'incongruité de ce coup de téléphone et quand j'entendis une voix féminine, je balbutiai confusément mon nom, en disant que quelques mois auparavant, à Krems, sa cousine, Mme Untel, m'avait dit qu'elle… et qu'alors je m'étais permis… Mais je fus tout de suite interrompu par sa voix, au bout du fil, qui me salua avec une familiarité enjouée et se mit à me parler comme si nous étions des amis de longue date.

J'étais donc ce vieillard de Svevo, qui ne retrouve que bien des années plus tard une jeune fille entrevue un soir, soldant seulement dans son souvenir le compte laissé ouvert, ou plutôt même pas ouvert un demi-siècle auparavant, parce que dans le présent la lumière de la vie est offusquée par l'angoisse de vivre ? La légère brise estivale qui entrait par la fenêtre, près du téléphone, était un vent venu d'espaces infinis, dans lesquels tout est présent et simultané, la révolution d'une planète et la lumière d'une étoile qui arrive de très loin. Peut-être que le Danube aux alentours de Krems était cet Océan qui enserre dans son cercle le monde, eaux qui s'enfuient et au même instant reviennent, rives qui se mirent toujours dans ses flots.

Le temps est le maître de la causalité : une cause produit un effet et donc le précède, elle vient avant. Mais d'un effet on remonte à la cause qui l'a produit ; cette familiarité au téléphone était donc l'effet d'une connaissance réciproque qui devait forcément avoir existé dans le passé et donc modifiait ce dernier, elle remontait dans le temps pour créer, des dizaines d'années en arrière, quelque chose qui alors n'avait pas eu lieu. Oui, le temps est un ordre causal, mais si la cause se propage dans l'espace-temps à une vitesse qui ne dépasse jamais celle de la lumière, me disais-je en me raccrochant à de vagues réminiscences scolaires et à des demandes d'éclaircissements faites sans trop de succès à des amis physiciens, la théorie de la relativité restreinte affirme, je crois que c'est comme ça qu'on dit, que deux événements, qui ne peuvent pas être reliés par un signal causal se déplaçant à une vitesse inférieure ou égale à celle de la lumière, ne peuvent pas être ordonnés dans le temps d'une façon absolue.

Donc les confidences faites à la cousine de Linz et la conversation au téléphone sont la cause – ou l'effet ? peut-être les deux à la fois, quel méli-mélo et quel enchantement – d'une familiarité entre Nori et moi qui adviendra il y a quarante, non, presque soixante ans, alors que l'eau du Danube qui coule à Krems s'est déjà jetée dans la mer Noire ? Pour éviter toute confusion, il serait opportun de réformer les grammaires et de restreindre l'emploi des verbes au présent infini. Même la démarche majestueuse de Nori dans les couloirs du lycée, comme l'Être de Parménide, n'était, ne sera pas, elle *est*, un point c'est tout ? Le temps, extension de l'âme, disait saint Augustin – la mienne, qui s'étend jusqu'à embrasser des époques où je n'existais pas encore ? Je voudrais que ce soit plutôt celle de Nori et qu'elle m'embrasse moi aussi, point minuscule dans la grande sphère du cœur, où tout existe et tout revient.

Sa chevelure, qui sait pourquoi plus foncée dans mon souvenir, soir sans lune déjà tombé sur la mer et pourtant lumineux, une faible lueur encore à l'horizon ; la vague se brise, blanche, sur le rivage, se retire et revient, elle est là, clair sourire de son visage et du monde. À Miramare, une fois, on avait amené tous les élèves de terminale du lycée visiter ce fameux centre de physique installé dans le parc du château enchanteur et kitsch d'où un archiduc généreux et trop confiant était parti pour devenir un empereur promis à la mort. « Dans les théories des champs conformes de la physique qui généralisent la relativité d'Einstein – le cours de l'éminent scientifique faisait partie de la visite, de la sortie pédagogique, le proviseur nous l'avait bien précisé – se trouvent aujourd'hui des entités géométriques qui font penser au concept parménidien d'éternité… »

La voix réémergeait, satisfaite et bien timbrée, d'un temps déjà lointain, bruissement de feuilles dans la brise marine qui passait entre les chênes verts et les cyprès plantés par Maximilien et Charlotte dans ce parc, île des bienheureux et des morts. La voix s'évanouissait dans l'écho du souvenir, des ondes s'éloignaient, concentriques, sur le bassin du parc dans lequel l'un ou l'autre d'entre nous, qui écoutait ou n'écoutait pas, jetait de temps en temps un caillou. Les ondes sonores qui avaient à l'époque répandu ces paroles parmi les rochers et les frondaisons, au-delà du sphinx de marbre qui, au pied du château, regarde la mer sphingienne, au-delà du canal auditif et du tympan qui les avaient transmises aux synapses sagaces et bien éduquées des auditeurs reconnaissants de l'occasion de somnoler offerte par cette conférence, secourable comme elles le sont toutes, s'étaient propagées plus loin encore dans le bois sombre qui, l'enveloppant presque hormis du côté du rivage, fait face à ce château blanc mélancolique, et s'étaient répandues plus loin encore, dans les années qui avaient dérivé de cette heure comme les sentiers partent dans toutes les directions depuis la fontaine centrale du parc, et maintenant elles m'avaient rejoint par-delà l'épaisseur du temps, elles résonnaient en vibrations d'un autre type, ondes du cœur. Aujourd'hui, maintenant... mais qu'est-ce que ça veut dire ? L'éloquent orateur insistait, répétant qu'aujourd'hui et hier, maintenant et demain, avant et après n'existent que dans notre cerveau, ce despote si loquace qui met l'avant ici et l'après là.

C'est quand, le présent ? Toujours, qui parfois n'est qu'une seconde, dit le lapin blanc à Alice. Le pays des merveilles et l'autre côté du miroir sont partout, ce qui revient à dire toujours, qui n'a ni fin ni commencement ; il n'y a aucun autre côté, aucune autre seconde. Si les choses sont telles que le disait, le dira, ce professeur, ce sont non seulement les temps verbaux mais aussi les prépositions et les adverbes de temps qui devraient être supprimés. Théories des champs conformes, entités géométriques, avant et après qui n'existent que dans nos têtes, grand désordre, chaos total.

Maintenant, Nori et moi maintenant… Clair sourire sur son visage ; l'eau coule, limpide, nuages au fond de la mer, transparence du cœur. La parole s'élargit jusqu'à embrasser la grande mer derrière l'orateur, la ligne droite de l'horizon se courbe, la voûte du ciel se referme sur elle… Si dans l'espace-temps, selon l'orateur, ce dernier est représenté par une ligne courbe plutôt que par une ligne droite, dans le cas de masses assez importantes il peut même s'agir d'une courbe fermée, autrement dit d'un cercle. Mais alors tout revient, tout est, et moi j'ai déjà été, je suis à l'embouchure du Danube pendant que je suis en train de suivre son cours pour y arriver.

Et pourtant Krems, du moins pour quelqu'un qui vient de Vienne, est avant Dürnstein, en 1918 quelqu'un a retiré des bâtiments publics du littoral adriatique les effigies avec l'aigle à deux têtes et Trieste auparavant autrichienne est devenue italienne, en 1989 le mur de Berlin est tombé, le Big Bang a eu lieu il y a quatorze millions d'années, à ce qu'on dit. Mais une année, cela veut dire le temps qu'il faut à la Terre pour tourner autour du Soleil, et un jour pour tourner sur elle-même, alors, quand ni la Terre ni le Soleil n'existaient, qu'est-ce que ça voulait dire, les années, les jours, qu'est-ce qui pouvait exister et se succéder pendant ces années qui n'existaient pas ? En tout cas, au cours des ans, des guerres ont commencé et fini – fini où ? Les cicatrices demeurent ; tatouages gravés dans le corps, elles brûlent sous la peau, celle du monde et de chacun. La mappemonde est lisse, la main caresse le beau poli de sa surface multicolore, sous le bleu des eaux et des îles lointaines tout n'est que sang et putréfaction. Les méridiens découpent cette sphère comme des quartiers d'orange, le navire coupe ce fil qui découpe le temps. Pendant un instant – qu'est-ce que ça veut dire ? non pas un instant, plusieurs minutes – la proue est au 25 novembre et la poupe au 26, oui, ou peut-être non, peut-être que c'est l'inverse. Ligne du changement de date, un amour qui vient un autre qui s'en va – dans le temps, bien entendu, sinon où ? Et si l'amour lui-même était une pure convention comme cette ligne, ce méridien qu'on ne voit pas, qui n'existe pas ?

Chaque méridien un quartier, même méridien même heure à Trieste Dresde les îles Lofoten Luanda Skeleton Coast Park. Au pôle Sud comme au pôle Nord se rejoignent toutes les pointes de tous les quartiers, toutes les heures du monde ensemble – à quelle heure Amundsen a-t-il foulé le premier le pôle Sud ? Il n'est pas vrai que le temps sera aboli, comme le promet ou comme en menace l'Apocalypse en parlant au futur – un temps du verbe, non l'abolition du temps mais bien plutôt une prolifération mélange contradiction de tous les temps possibles présents à la fois ; la vie – ou la mort – est un poudroiement vertigineux ?

Le temps, autrement dit la mort. En 1996 est morte V., une adorable petite fille qui n'est plus une petite fille mais l'est encore, même après les années du mal qui l'a torturée et défigurée sans entamer son indestructible dignité, l'enchantement de ce qu'elle a été et donc est pour toujours. Cette date, ligne de partage des eaux de la vie et pas seulement de la sienne, vanne d'une écluse sur le fleuve qui bloque l'écoulement des eaux.

V. n'est plus, qu'est-ce que ça veut dire ? Dira-t-on de Shakespeare qu'il n'est plus un génie créateur, qu'il l'a été mais que maintenant il ne l'est plus ? En quoi des artères usées ou qui sait quelles autres misères pourraient-elles l'empêcher d'être aujourd'hui et pour toujours un génie créateur ? Et tant d'autres, hommes et femmes, tant d'amis – l'amitié, autre nom de l'amour, un bout de chemin fait ensemble, chaleureux et risqué, aimer est un hasard mais c'est pour toujours, donc maintenant... Quelques-uns de mes amis et amies ne marchent plus à côté de moi, ils ont pris un autre chemin qui mène ailleurs, même si on ne sait pas bien où – ils sont peut-être restés un peu en arrière, si ça se trouve ils se sont arrêtés dans une *osmiza* pour boire un verre de terrano, dans peu de temps je vais moi aussi retourner ou avancer et je les rejoindrai, s'il reste du terrano et du jambon ils sont sûrement encore là, il y a plus d'une auberge où l'on se trouve mieux qu'en ce monde. Si après – après quoi ?… – il y avait de bonnes auberges plutôt que des anges soufflant dans leur trompette parmi les nuages ce ne serait pas mal. Peut-être qu'alors je pourrais être un peu plus hardi, de toute façon là les années ne comptent pas – mais quand, d'ailleurs, comptent-elles ? –, et même un jeune empoté pourrait trouver le courage de… Je n'ai jamais vraiment parlé avec Nori avant cette soirée à Rome, et encore ce n'était qu'au téléphone. Je voudrais l'avoir fait ; peut-être que là, de l'autre côté, j'aurais moins peur, la peur que plus ou moins il y a toujours dans ce genre de choses, quand elles comptent vraiment. Je voudrais lui avoir parlé, même avant ; l'avoir embrassée, donc l'embrasser…

Aimer, synonyme d'être, verbe défectif qui ne connaît que le présent infini. Les transformations conformes particulières – plus que la conclusion de la conférence, elles étaient presque une idée fixe de l'orateur à Miramare – projettent les points de l'espace-temps du fini vers l'infini, dans un ensemble que Penrose (une autre de ces lumières qui, paraît-il, expliquent comment fonctionnent l'avant et l'après) appelle cône de lumière à l'infini. Dans ce cône – dit-il, a-t-il dit, dira-t-il –, les temps futurs et passés apparaissent rigoureusement équivalents à un point et un seul.

La vie éternelle, peut-être ? C'est ce que disent ceux d'une autre paroisse, qui eux aussi prétendent montrer une chose qu'on ne voit pas mais au moins ne prétendent pas la démontrer comme le théorème de Pythagore, alors que les professeurs, si hardis et sûrs d'eux avec leurs logarithmes algorithmes et trous noirs... Et maintenant aussi LUCA, *last universal common ancestor* alias *Ur-ancestor*, qui est peut-être une proto-bactérie ou peut-être pas, mais en tout cas l'ancêtre absolu de tous les êtres vivants mono- et pluricellulaires, de nous tous, champignons et amibes compris. Qu'est-ce que ça fait que personne ne l'ait vu. Dieu non plus, personne ne l'a vu, si on va par là, même Jean, l'apôtre que Jésus aimait, le dit. Pas même le trou noir au fond duquel s'effondre une étoile, personne ne l'a vu, et on ne peut même pas dire qu'avant il y avait une étoile et ensuite le trou noir, car c'est le cerveau seul qui place un avant ici et un après là, et donc en dehors du cerveau, même si *el se le fa e el se le disi* (s'il se forge [cette notion] et se la répète à lui-même), proclamait ce professeur à Miramare, il n'y a pas d'avant ni d'après, rien, de la poussière cosmique qui n'existe pas, des moucherons que l'œil vieilli voit flotter dans l'air mais qui n'y sont pas. L'étoile resplendit, blanche, et s'effondre dans un trou noir, les cheveux de Nori sont blancs et étaient, sont – seront ? – châtain foncé, non, pas si foncé que ça, on verra. Il s'échauffait, ce professeur qui avait l'avant et l'après dans le collimateur et se réjouissait du pouvoir de l'hippocampe, ce capricieux petit cheval marin niché entre les lobes du cerveau, à propos de Chronos, du Temps, souverain destitué assis sur son trône comme sur une chaise branlante. C'était l'un des plus sympathiques, du reste, ce professeur avec son accent romagnol, parmi tous ceux que nous devions écouter, recrues que les officiers exhortent à se donner à fond dans la bataille pour la vie, non, *pardon**[1], pour la science.

Vie éternelle, donc ? Oui, mais ici et maintenant – j'avais été impressionné par le fait que celui qui le disait et l'écrivait était quelqu'un qu'on appelle Sa Sainteté et qui semblait toujours gauche et embarrassé dans son habit blanc mais qui avait quand même eu le courage d'être lui-même plutôt que le vicaire de Dieu. Il écrivait, il écrit, cet homme, cet ex-successeur du Christ, la vie éternelle maintenant et à jamais, oui mais surtout maintenant, non une existence imaginaire qui continue après la mort, une suite sans fin d'hier aujourd'hui demain et qui sait quoi, entre punitions et récompenses, comme tant de fidèles veulent le croire. La vie éternelle, c'est qu'ils te connaissent Toi – c'est du moins ce que disait celui qui déclarait être son fils et il le disait peu avant de mourir.

---

1. Les mots en italique suivis d'un astérisque sont en français dans le texte.

Connaître, vivre la vérité. La vraie vie, authentique, empreinte de sens ; vécue aussi dans le temps, un temps éclairé par une valeur qui ne peut être détruite par rien ni personne et que n'altère pas l'écoulement du sable dans le sablier, aussitôt retourné et de nouveau plein alors qu'il semblait vide. Est-ce que ça veut toujours dire vivre ou mourir ? Le verre du sablier s'embrase et se colore dans la lumière qui le traverse, d'un doré intense quand le sablier est plein et d'un jaune aurore très pâle quand il se vide. Lumière limpide dans les yeux immortels de Nori, dans ce regard qui ne vieillit pas. Vie brève, vie éternelle ; nos contingences, a écrit ce vieux poète parmi les hauts-fonds et les plages de Grado, colorent l'éternité de Dieu ; les longueurs d'ondes de la lumière, les nombres et les fractions, deviennent le bleu de la mer, le rouge violacé du soir, la clarté dans les yeux de Nori. Le grain opaque meurt sous terre, l'or de l'épi ploie sous le vent. Feuille éternelle du pipal, non loin de Bénarès et du Gange, sous lequel un prince mendiant a démystifié la douleur et la peur de mourir. Dans la feuille qui meurt, explique-t-il à ses disciples, il y a le soleil qui l'a réchauffée, le nuage qui l'a désaltérée avec la pluie, la terre qui l'a nourrie ; la feuille restitue les choses et les événements qui l'ont constituée et qui sont, continuent à être elle. Éternelle impermanence, éternité de toute chose.

Éternelle dissolution, être éternel ; la fleur meurt dans le fruit, donc elle est le fruit, a écrit un génial et parfois pompeux professeur d'Iéna, démontrant ainsi que même le plus grand des philosophes peut être poète. Meurs et deviens, disait ce poète de Weimar beaucoup plus poète que lui, dont par ailleurs, en tant que conseiller du Duché, il augmentait le traitement de professeur d'université, mais avec parcimonie. Meurs et deviens, c'est ainsi que tu pourras être vraiment, si tu ne veux pas rester un hôte pressé et obscur sur une terre opaque. Les lauriers de mon jardin, roses blancs rouges, chaque année différents et chaque année les mêmes. Peur de mourir ? Roi Aun le Vieux, dit la saga, tu n'es pas mort, mais tu es ressuscité dans le roi Egil. Bois, vieux roi, la vie te donne comme tu prends, c'est toi qui vides et remplis le verre.

Les paroles – de qui, de tel ou tel, de personne ;

les paroles sont comme l'air et les saisons, elles n'appartiennent pas à quelqu'un. Grande confusion, trop grande pour la petite tête qui la contient. L'univers dans une noix, si facile à casser, il suffit de la jeter avec un peu de force sur la table. Mais entre-temps l'intérieur a mûri, s'est fait plus tendre, plus savoureux, et même sous l'écale il comprend et saisit quelque chose. Moi aussi maintenant je comprends enfin, au moins un peu, le paradoxe des jumeaux, l'un resté plus jeune que l'autre, qui est allé vivre dans une pension de moyenne montagne. Nori est plus jeune que ses condisciples qui n'ont pas vécu au bord de la mer comme elle ; elle, la mer, elle l'a en elle, peut-être qu'elle ne le sait pas, qu'elle ne se souvient pas du temps où elle était mer et créature marine, comme toute chose vivante. Ses années sont la touffe de fleurs qu'elle tient en main, des coquelicots de mer, je crois, ses yeux, je ne vois pas leur couleur, mais clairs, lumineux. En tout cas elle est là, ici, dans le cône de lumière, une lumière éclatante d'un bleu outremer. De Malfa on voit, au large, derrière l'écume blanche de tout ce bleu, Panarea et Stromboli. Stromboli noire, ses plages noires, en grec *glaukos* veut dire bleu, mais peut désigner aussi, selon certains auteurs tardifs, un azur qui s'assombrit, un bleu presque noir mais luisant, vie éternelle dans la lumière de ce regard. Je l'avais vu aussi à Krems, quand…

Temps futurs et passés, un seul point, un seul temps… Un infini présent ? Nous jouons peut-être dans deux spectacles, l'un linéaire et l'autre circulaire, éclairés par une lumière qui descend du sommet de ce cône auquel tient tellement le professeur Penrose. Autrefois, à Trieste, il y avait rue du XX-Septembre un cinéma avec deux grands écrans dans deux salles adjacentes séparées seulement par quelques marches qui menaient aux files d'attente et aux places. Le film était le même, et les deux écrans servaient à satisfaire un public souvent nombreux. De chaque fauteuil des deux salles, on pouvait, si on le souhaitait, voir les deux écrans à la fois, l'un normalement, de face, et l'autre de biais. Le déroulement du film était le même sur les deux écrans. Mais personne n'aurait interdit de commencer la projection sur un écran avec un décalage d'une demi-heure par rapport à l'autre, de manière que l'on voie en même temps se dérouler des événements et des moments différents, le héros qui meurt sur l'un des écrans et qui ensuite se bat et tombe amoureux sur l'autre, son histoire commençant ou continuant après sa fin.

C'est peut-être ça ou quelque chose qui ressemble à ça, le cône de lumière à l'infini dans lequel il n'existe pas d'ordre temporel ni causal, région hors du temps ? Certes, je sais bien que je ne suis qu'un point de l'espace-temps ordinaire, un point que physiciens et cosmologues considéreraient comme négligeable. Mais il n'est pas impossible que quelque mathématicien s'occupe de traiter mon cas avec rigueur à l'aide d'instruments de géométrie topologique ; il n'est pas dit qu'un point ait conscience du compas qui le trace ou des rayons qui partent de lui, et l'on voudrait qu'il soit au fait des transformations du groupe conforme qui le gouverne sans trop d'égards ?

Il se peut donc que, entre cette soirée à Krems et ce coup de téléphone à Rome, j'aie été catapulté de l'espace-temps ordinaire dans la région hors du temps, puis vice versa, puisqu'il est indubitable qu'en ce moment mon temps est rectiligne comme la plume avec laquelle je suis en train d'écrire, flèche qui court sans retour vers son but, dans cet irréversible processus dissipatif que constituent l'écriture et la vie, affections au décours mortel.

Comme les arts et les sciences avaient leurs déesses, et comme Uranie était la Muse de la connaissance des étoiles, Nori pourrait être la Muse de la translation – nom donné par Poincaré à la dynamique de ces déplacements temporels. Elle devrait même être une divinité supérieure, puisque – nous en avertit, avertissait le scientifique dans le parc de Miramare – aucune translation de Poincaré, aussi grande soit-elle, ne conduit en dehors de l'espace-temps ordinaire, et que pour n'importe quel système physique dans l'espace-temps ordinaire il faut un temps infini et la vitesse de la lumière pour arriver sur le cône de lumière à l'infini, tandis que ce qui m'est arrivé entre Krems et mon coup de téléphone de Rome n'a demandé, modestement, que quelques mois. La transformation sur le cône de lumière à l'infini, dans la région où le temps n'existe pas, n'est possible que pour des systèmes physiques sans masse et que, même si je peux me considérer comme satisfait de ma corpulence encore assez svelte, je ne peux nier que j'ai une masse. Mais peut-être l'ai-je reconquise, retransportée du cône de lumière au cône d'ombre, et peut-être Nori, maintenant, ne s'est-elle jamais aperçue que j'existais…

Le prix

Le dîner touchait à sa fin, bientôt viendrait le moment des toasts, des discours, des félicitations renouvelées au lauréat. Sur la nappe il y avait quelques taches de vin et de temps à autre une goutte de cire tombait des bougies. Les serveurs étaient prompts à changer les assiettes et les couverts, leurs bras plongeaient sur la table et se retiraient, rapides comme des coups de sabre, mais cette géométrie commençait ici et là à perdre de sa rigueur, certains gestes devenaient moins sûrs, certains objets échappaient aux mailles de l'ordre et restaient à la traîne, abandonnés à l'inertie et au délitement des choses. Il regarda l'assiette de son voisin, qui racontait à voix haute, à demi tourné de l'autre côté, quelque chose d'amusant, et il observa la graisse qui s'était figée sur le fond.

Cette sauce, un moment auparavant, était délicieuse. Qui sait où et quand les choses commençaient à se défaire, s'il y avait un point précis, une solution de continuité entre le col bien apprêté et le col imprégné de sueur.

Lanzani lui versa à boire, ignorant son refus résigné. « C'est un freisa exceptionnel, il vient de tout près d'ici, à quelques kilomètres de Casale. Si les vins rouges français, dans une moitié du monde, sont plus appréciés que ceux du Piémont, ça prouve seulement que nous ne savons pas nous y prendre, que pour la guerre et le commerce nous en sommes encore, en dépit de tout, au b.a-ba. Heureusement qu'en amour au moins… » Serra sourit poliment et le regarda de ses yeux délavés, qui jadis avaient été bleus. Il dut faire un petit effort pour le regarder vraiment, pour voir ses cheveux noirs et lisses, son grand nez de rapace, sa bouche avide et arrogante. Depuis quelque temps, il avait l'impression de ne plus pouvoir arrêter son regard sur un objet précis, de passer à travers les choses comme si elles étaient transparentes et de se perdre, avec sa vue de myope, dans des lointains incolores.

Il sourit de nouveau à Lanzani, un peu tristement, comme pour s'excuser de la difficulté qu'il avait à régler l'objectif sur lui, à prendre conscience de son impérieuse présence. Il comprenait que peu de détails échappaient aux yeux fureteurs et pénétrants de Lanzani, même quand ils semblaient seulement rieurs, voilés par l'alcool ou avivés par quelque anecdote racontée entre deux services. Les plats étaient imposants, dignes, comme tout ce qui entourait ce prix, de l'hospitalité de Lanzani. Il n'était pas si facile de détrôner les Muses. Les sociétés que Lanzani possédait étaient, pour qui en entendait souvent citer les sigles, aussi impénétrables que le destin, et les journaux dont il possédait des parts majoritaires pouvaient contribuer à chasser un homme politique de son siège ou Dieu d'un cœur, mais quelque chose lui inspirait un étrange respect pour les gens qui alignent des mots sur le papier, mots qui n'ont l'air de rien et s'imposent pourtant. Le prix littéraire que la munificence de Lanzani avait institué pour les jeunes romanciers et qui était attribué par un jury sur lequel il n'y avait rien à redire, était le pourboire d'un patron, mais aussi l'offrande d'un dévot.

Le lauréat avait lu un chapitre du roman couronné, et maintenant l'usage voulait que d'autres lisent, pour lui faire et se faire honneur, une page ou quelques vers de leur propre production. Ensuite on rendrait, comme il se devait, hommage au lieu où se déroulait la remise du prix, Lu Monferrato, à ses nobles traditions et à sa culture, et enfin ce serait à lui de conclure. Serra écoutait, les paupières légèrement baissées. Il regarda, par la fenêtre, les grandes montagnes englouties par la nuit, sur les cimes desquelles étaient restés accrochés quelques lambeaux du soir. Les fragments en vers ou en prose qu'on lisait à quelques mètres lui parvenaient comme une vague rumeur, se distinguant malaisément du bourdonnement rythmé que l'hypertension provoquait dans ses oreilles. Il se laissa bercer par ce flux monotone, sans discerner les voix ni les mots qui se succédaient. Il trouvait agréable que la vie s'écoule, régulière et sans à-coups, en s'effaçant sans cesse, comme les repas à la maison de retraite, le rasage du matin. Bientôt ce serait son tour ; il était, pour ainsi dire, une sorte d'hôte d'honneur qu'il fallait montrer à l'assistance.

C'était un peu grotesque de jouer le rôle du *genius loci* de ces terres, dont il ne savait pas s'il pouvait les dire siennes, même s'il les aimait, pour autant qu'il lui fût permis d'user de ce verbe. Mais il n'éprouvait nullement le sentiment de ne pas être à sa place, il avait désappris depuis très longtemps toute impression de ce type, ne comprenant même pas qu'on pût, en ce monde, se sentir à l'aise ou mal à l'aise. Ce cendrier à sa gauche, dans lequel de temps en temps une main secouait une cigarette, qui aurait pu dire s'il était à sa place ou pas, il était simplement là, à sa gauche.

« Mais vous, quand écrivez-vous ? Je veux dire, quand écrivez-vous vraiment ? » La curiosité de Lanzani lui sembla déplacée, comme s'il lui avait demandé à quelles heures et dans quelles positions il avait l'habitude de faire l'amour, mais il sentit que dans cette question il y avait du respect et presque de la déférence, le désir de connaître les secrets d'une activité que l'autre devait trouver mystérieuse, alors qu'elle lui était toujours apparue à lui monotone, tout au plus mélancoliquement fortuite. « Vraiment vraiment, jamais. » Lanzani éclata de rire et lui donna une tape dans le dos. « Quel phénomène ! J'apprécie, vous êtes un véritable écrivain, ça se voit tout de suite. » Vraiment ou pas, ça faisait combien d'années qu'il n'écrivait plus ? La vallée sans fond, au-dessus de laquelle le village s'élevait comme un cerf-volant, léger comme son nom, Lu, lui donna un instant d'égarement et pour mettre de l'ordre dans ce vide obscur qu'il sentait à l'intérieur de lui-même, il passa mentalement en revue, avec le plus grand soin, sa chambre à la maison de retraite : le lit, le lavabo, deux ou trois étagères chargées de livres, le fauteuil à côté de la table, le portemanteau, la photo de ses parents, le parapluie appuyé dans un coin. La pensée du parapluie le rassura, tenir en main le manche recourbé, lisse et robuste, lui apportait toujours une certaine sérénité.

Cette chambre contenait tout ce qui lui restait. Les autres choses… c'était un peu absurde de penser qu'il y avait eu d'autres choses, beaucoup d'autres choses et de se demander comment elles s'étaient perdues. Il se souvenait bien, ça oui, de la belle maison avec jardin, de la véranda où il faisait frais, un peu à l'écart de la petite ville de Moldavie où son père avait installé sa fabrique de chapeaux. Sa mère, sur une chaise longue dans le jardin, lisait des livres allemands ; son père, quand il rentrait le soir, lui parlait de l'Italie, qu'ils avaient quittée et dont l'enfant n'avait gardé que de rares souvenirs, les tours rouges d'Asti et les collines du Montferrat, l'espace compris entre la vallée du Tanaro et celle du Pô. De ses premières années, il se rappelait surtout une paysanne roumaine qui les servait dans le jardin, l'été, pieds nus, sa nuque puissante et brune, son dos qui sortait un peu de sa blouse quand elle se penchait pour poser un plat sur la table.

Ce qui s'était passé ensuite ressemblait à une course confuse : le retour en Italie quand la guerre avait éclaté, la difficile relance de l'entreprise dans laquelle, très jeune, il avait remplacé son père précocement vieilli, les lois raciales, la fragilisation de l'entreprise, une nouvelle guerre, la fuite, l'étoile jaune, ses parents, l'un mort dans son lit et l'autre disparue qui sait où, poudroiement de cendres dans l'Holocauste, et de nouveau l'Italie, la vie qu'il faut gagner en travaillant des années et des années dans de grands immeubles gris pleins de paperasses à taper à la machine et à timbrer, et enfin sa retraite dans cette pension de Lu Monferrato, dans ces lieux dont parfois il ne savait pas s'il se souvenait en être parti enfant ou si on le lui avait raconté. Il y avait eu, c'est vrai, deux ou trois livres, tardifs mais peut-être aussi pas trop mauvais, qui quelques années auparavant avaient connu un modeste mais indéniable succès – peut-être parce que, se disait-il, les histoires juives, après la guerre, se voyaient garanti un minimum d'audience.

Lanzani, à côté de lui, parlait de dîners et de voyages, citant familièrement au passage des noms que Serra connaissait vaguement pour les avoir lus dans les journaux. Le professeur Ribaudo, passionné d'histoire locale, venait d'évoquer brièvement sœur Angela Vallese, la première missionnaire en Terre de Feu, née à Lu Monferrato, et Serra, quand il se leva pour lire, pensait avec nostalgie à des forêts et à des fleuves étrangers, aux grands arbres des rives dont l'ombre vert sombre accompagne dans leur parcours les canoës. Sa nouvelle parlait de quelqu'un qui, très jeune, avait été gardien dans une espèce de camp de concentration sur une île de l'Adriatique et qui retourne sur cette île, trente ans plus tard, avec une femme beaucoup plus jeune que lui, qu'il vient d'épouser. Il y était question de promenades, de cigales, de lézards se faufilant entre les cailloux là où trente ans plus tôt cet homme avait été argousin, du visage vieilli d'une paysanne, de l'horreur et de l'enchantement de l'été ; il y avait aussi quelques scènes d'un érotisme cru entre les deux époux qui suscitèrent chez lui, pendant qu'il lisait, un peu d'embarras parce qu'il s'aperçut qu'il s'agissait de choses que, dans le fond, il n'avait jamais vécues.

Les applaudissements furent sincères et Serra se sentit, non sans en éprouver un peu de honte, flatté. « Splendide, magnifique ! – tonitruait Lanzani. Quel dommage que vous ne soyez pas plus connu. Il faut absolument faire quelque chose. Il est certain qu'à rester ici dans votre tanière depuis tant d'années… Un endroit enchanteur, tranquille, je vous envie, mais… voilà, une soirée à Rome, ou mieux encore à Paris, c'est comme si c'était fait, je sais qui siffler. »

Les visages des convives étaient rouges et livides, un souffle de vent venant de la fenêtre ouverte faisait osciller les lampes et un zigzag d'ombre glissait parfois sur les décolletés, dessinant un instant des lignes sombres sur la peau fraîche et bien soignée. « Oh, j'en serais heureux, il y a tant d'années maintenant que… mais non, merci, c'est impossible, avec cette jambe – Serra lui donna en plaisantant un petit coup de canne –, c'est une telle fatigue pour moi de voyager, de monter dans un train… »

Lanzani considéra humblement la canne, et se rappela ces rois bergers dont il avait lu quelque part l'histoire. « Mais qui vous parle de train, ne vous inquiétez pas, c'est en avion que vous irez, naturellement ; le mien, je l'enverrai vous prendre. » Serra pensa à la vieille tour de Lu, dressée comme un drapeau au-dessus du village, et aux oiseaux du soir qu'il aimait regarder longuement quand, à leur heure, ils volaient autour d'elle ou s'élançaient vers le haut, pour se précipiter et disparaître dans le ciel sombre. Il se sentit, sans bien savoir pourquoi, un peu chez lui. « Merci, c'est très aimable à vous, sincèrement, répondit-il tout en percevant avec désagrément le ton indifférent de sa propre voix, mais même en avion ça m'est difficile, voyez-vous, avec ces passerelles, ces transbordements, je ne vois vraiment pas comment… »

« Mais enfin – Lanzani, échauffé et légèrement éméché, frappait du poing sur la table, peu habitué à se laisser arrêter par de minuscules obstacles –, ce n'est pas possible, il doit bien y avoir un moyen, il suffit de vouloir, c'est un véritable crime que votre livre… mais maintenant vous n'allez pas faire le difficile, qu'est-ce qu'il vous faut, un traîneau, une montgolfière, un hélicoptère ? » Le ricanement de ses voisins agaça Serra, mais en regardant le visage sanguin et luisant de Lanzani ravi de monopoliser la conversation, il lui sembla discerner sur sa large bouche un pli presque douloureux. « L'hélicoptère, ce serait parfait – répondit-il sur un ton aussi enjoué que possible –, mais imaginez ce que dirait la directrice de la maison de retraite, avec tout ce vacarme… si vous la connaissiez, vous savez, c'est une de ces femmes terribles… »

« Je vois, je connais le genre, il y en a une, et

quand je dis une je suis optimiste, dans la vie de chacun de nous, pauvres hommes… bon bon bon, on verra. Pour le moment, allons dormir. » Lanzani hésitait, incertain, comme quelqu'un qui chercherait à gagner du temps. « Vous aimez les chansons de Gino Paoli ? » lui demanda-t-il à brûle-pourpoint. « Je ne les connais pas, mais il paraît qu'elles sont très belles », répliqua Serra avec l'aimable indifférence qu'il éprouvait pour le monde entier. « Je vais vous les offrir, je vous les ferai envoyer. Elles sont fantastiques, vous verrez. » « Je n'en doute pas, merci, je les écouterai avec plaisir. » « Mais vous avez un lecteur de CD, ou au moins un électrophone ? » questionna la jeune femme qui accompagnait Lanzani. « Non, malheureusement – répondit-il, conciliant –, mais ça ne fait rien, je peux m'en faire prêter un. »

Lanzani le regarda dans les yeux, puis se leva et lui tendit la main. « Merci encore d'être venu, j'espère avoir le plaisir de vous revoir, et si je peux vous être utile… » Pendant cette poignée de main, Serra éprouva, l'espace d'un instant, un sentiment de culpabilité vague et inconnu. Il regarda autour de lui. « Je vous raccompagne, si vous voulez », lui proposa l'un des poètes qu'il avait écoutés peu avant. « Volontiers, mais il ne faut pas que ça vous dérange, je peux aussi lui demander à… lui, je veux dire à… », et il montrait de sa canne Lanzani qui était en train de s'éloigner, irrité de ne pas retrouver immédiatement son nom. « Mais non, c'est sur mon trajet, venez. »

Serra monta péniblement dans la voiture et en sortit avec encore plus de difficulté une demi-heure plus tard. La maison de retraite était obscure et silencieuse, seule la loge du concierge était éclairée. « Quelle belle soirée, n'est-ce pas ? » « Très très belle. » Il se sentait tenu de dire quelque chose à propos des poèmes de celui qui l'avait aimablement raccompagné, et il chercha une phrase. Le peu qu'il avait réussi à saisir lui semblait banal, et le reste, incompréhensible. « J'ai beaucoup aimé vos poèmes… cependant… comment dire, il y a des choses complexes… c'est de ma faute, je suis vieux, ça fait des années que je ne lis plus beaucoup, je ne suis plus au fait des tendances littéraires, des nouveaux courants… Si vous m'envoyez votre recueil, je le lirai avec le plus grand intérêt, j'ai été frappé par certaines images si intenses, si originales... »

La voiture était repartie et Serra, après plusieurs tentatives, fit pénétrer la clé dans la serrure et entra. Oui, il doit forcément y avoir de nouveaux courants littéraires... Bah, ça aussi ça finira par passer, se dit-il en montant lentement l'escalier.

Extérieur jour – Val Rosandra

Extérieur jour, Val Rosandra, au bord de la rivière. La petite troupe s'apprête à tourner une scène. La maquilleuse fait les dernières retouches sur le visage des acteurs, un jeune homme et une jeune fille. Oui, à peu de chose près, ils ont le bon âge, le nôtre, le mien à cette époque, se dit le vieil homme assis à l'écart sur un rocher, en regardant des gens qui s'agitent, vont, viennent, donnent de la voix. « T'as mis le 24 ? » « Non, tu m'avais dit le 35. » « Mets le 24, grouille ! » « 24 mis » « On y va, on y va ! » « Moteur ! » « C'est parti ! » « Scène 19, prise 2 » « Action ! » À présent, au-dessous de lui, près de la rivière, les deux acteurs se préparent à jouer la scène et à remonter l'escarpement caillouteux, la fille devançant un peu le garçon. Mais lui, il regarde surtout, plus loin et derrière eux, cet endroit où la rivière s'élargit en formant une anse au pied du rocher d'où elle se précipite en une petite cascade, d'une blancheur de neige qui se métamorphose, au fond de l'anse, en un vert sombre et lumineux.

Combien de fois a-t-il escaladé ces roches – avec elle aussi, à l'époque, une fois même seuls ou presque, leurs deux autres amis, encore en bas, n'étaient que des voix lointaines. Il est curieux de voir comment il s'en tirera, celui-là, l'acteur qui devrait jouer le rôle qu'il a lui-même tenu des années, ou plutôt des dizaines d'années auparavant. Mais c'est surtout la lumière diffuse et mouvante de l'eau et des reflets qu'il aime regarder. Quand il voit, a dit un de ses collègues lors d'une conférence très applaudie, l'œil reconnaît, les images qui parviennent à la rétine sont un livre – ou les fragments d'un livre – déjà écrit dans la mémoire et replacé dans l'ombre de quelque étagère surchargée d'où il ressurgit. Elle aussi avait les yeux verts, qui sait comment ils étaient maintenant. En tout cas elle était toujours en vie, quelque part, lui avait dit le metteur en scène, qui avait essayé de la contacter, autre rescapée de cet ancien quatuor d'élèves de l'italianissime lycée de la Trieste autrichienne.

Gris est l'arbre de la théorie mais toujours vert celui de la vie, se dit-il une fois rentré chez lui et assis dans sa bibliothèque, en se demandant pourquoi ces vers immortels qu'il aimait, qu'il avait tant de fois répétés et commentés devant ses élèves, le mettent maintenant presque mal à l'aise, lui donnent le sentiment de ne pas être à sa place, d'être la bonne personne au mauvais endroit ou l'inverse. Vitalité toujours verte, vie qui fleurit sans faire attention à ce qui se fane et meurt ; les racines font pousser un grand arbre au feuillage opulent qui ôtera place et lumière à d'autres arbres plus faibles ; elles éventrent la terre, déracinant des arbustes, déplaçant des pierres, parfois faisant éclater des routes. Combien plus rassurant est le gris de la science, même quand elle découvre des choses terribles ; vert des forêts devenu papier agréable et lisse sous la paume de la main qui le feuillette, plante bien ordonnée d'un jardin botanique. Des phrases précises disciplinent le chaos qu'elles explorent ; le mot séisme ne fait pas s'écrouler des maisons et des villes à la différence du séisme qu'il étudie. Et les pages vieillissent comme les choses vivantes, elles se cornent, se flétrissent, se fripent. Comme ma peau, se dit-il en observant le dos ridé de sa main.

Il relit, dans le scénario, les scènes qu'il a vu tourner dans le Val Rosandra, entre la rivière et les roches. Action ! La voix du metteur en scène lui rappelle les ordres criés par les officiers dans les tranchées de la Grande Guerre. « Les deux jeunes commencent à remonter, plus lentement que la première fois. Avec le regard du jeune homme, la caméra isole les roches, agrandit en gros plan un buisson aux feuilles rouges, puis revient sur la jeune fille qui glisse sur une pierre trempée, pousse un cri, va tomber en arrière ; le garçon la prend par le bras, la retient dans sa chute, puis ses mains remontent sur ses hanches et enserrent ses seins tout en attirant son visage sur son cou en un geste suggestif ; la jeune fille tourne la tête et échange avec lui un regard complice et ravi, puis entrouvre la bouche. » Il le lui a dit tout de suite, au metteur en scène, là, parmi les pierres. « Non non non, ça ne va pas. Sincèrement, ça ne me serait même pas venu à l'esprit, de faire ça, de me montrer aussi familier avec une jeune fille. J'aurais bien aimé, et comment, mais à l'époque… ce n'était pas comme ça. Il y avait des choses qui ne se faisaient pas. En tout cas, pas d'une façon aussi… expéditive… Et puis, ce regard appuyé, entendu ! Une jeune fille convenable, une élève de lycée aurait plutôt donné une gifle ou fait mine d'en donner une. Non, ce n'était pas comme ça. À cette époque, vous savez, on se vouvoyait souvent entre élèves, à plus forte raison avec une fille. Je ne dis pas que c'était bien ou que c'était mieux, je pense même… Mais c'est vous qui m'avez demandé de dire comment ça se passait à l'époque. Je comprends, pour éviter des erreurs, des attitudes qui détonneraient ou du moins seraient difficilement imaginables à l'époque… Il ne faut pas confondre les façons de faire d'une jeune Romaine d'aujourd'hui avec celles d'une jeune Triestine autrichienne des années 10. » « Oui, d'accord, avait répondu hâtivement le metteur en scène, évitons de montrer des légionnaires romains portant une montre au poignet, comme dans *Scipion l'Africain*. »

Lui, il avait prêté moins d'attention au metteur en scène qu'au regard de la jeune actrice, qui les avait rejoints à la fin de la prise de vues. Moqueur, ce regard, mais aussi, ou peut-être était-ce une illusion, empreint de curiosité et presque tendre. De grands yeux verts comme ses yeux à elle à l'époque, sauf qu'ils étaient un peu plus pâles, non, plus clairs. Comment était-elle, cette fois-là, dans le Val Rosandra ? C'était ce que voulait savoir le metteur en scène, pour pouvoir recréer l'atmosphère de ces années, les gestes les goûts les attitudes d'une génération lointaine moins dans le temps que dans la façon d'être, que la Grande Guerre et ses lendemains chaotiques avaient bouleversée et effacée, comme si elle datait d'avant le Déluge. Lui, il l'avait traversé, ce Déluge, l'Arche fracassée l'avait ramené à terre en passant parmi d'innombrables cadavres – terre devenue une mer de sang, sur le Carso à Verdun à Lvov tombeau des peuples. Des morts des morts des morts. Et pourquoi pas moi ? se demandait-il souvent, bien content certes d'avoir survécu aux hécatombes sur le Carso, mais sans plus savoir vraiment qui était maintenant cet homme qui portait son nom, et en se demandant si celui qui en était revenu n'était pas plutôt celui qui pendant ces trois années de guerre portait un autre nom, d'emprunt, qu'en tant qu'engagé volontaire dans l'armée italienne il avait dû adopter pour ne pas être identifié, au cas où il aurait été fait prisonnier, comme citoyen autrichien puisque triestin et de ce fait un traître, un déserteur promis au gibet. Peut-être que celui qui était revenu n'était aucun des deux, ni le soldat décoré de la médaille d'argent ni l'étudiant irrédentiste qui avait voulu devenir ce soldat ; en tout cas, qu'il fût l'un ou l'autre, il n'avait pas reconnu la terre sur laquelle l'Arche l'avait rejeté comme le grand poisson avait vomi Jonas sur la plage.

« C'était comment, alors, cette époque ? » lui avait demandé le metteur en scène dans l'auberge près du pont sur la rivière qui, après la petite mais impétueuse cascade, coulait avec légèreté. Mais si ce temps n'est plus, s'il n'existe pas, est-ce qu'on peut dire ce qu'il était, comment il était ? Le non-être n'est pas, disait dans la salle voisine de la sienne son collègue de philosophie, n'a jamais été. Et moi ? Et pourtant… Chez lui, il lit ce scénario crayon en main pour signaler en marge ce qui ne va pas. Certes, il est habitué à d'autres lectures. Après tout, son essai sur *Doktor Faustus*, l'un des premiers parus sur ce roman démonique et parfait, lui a valu une célèbre lettre d'éloge de Thomas Mann. Et, en tant que spécialiste de Goethe et de Rilke, et ancien étudiant de l'université Charles de Prague où avait enseigné le grand August Sauer, maître de la philologie allemande avant la Grande Guerre, il pouvait ne pas être un lecteur équanime de scénarios cinématographiques, avec leurs dialogues aux répliques convenues, leurs prescriptions arides et leurs suggestions d'effets faciles, mais lui, il sait que sur l'écran, cette touffe de sumac, ces feuilles rouges de passion qui dans les notes du script sont si banales, deviennent vivantes, frémissent dans l'insondable intensité de leur vie si brève, dont aucune parole – pas même le phrasé syntaxique savant de son cher Thomas Mann – ne peut saisir le secret.

Il feuillette le scénario. Elle, la Viennoise avec sa cigarette, le vent qui ébouriffe ses cheveux… c'est elle, ce vent… son pied quand elle ôte sa chaussure, la neige sur ses cheveux… la voilà qui secoue les boules de neige qu'elle a reçues dans le cou et sur la poitrine… Et eux de crier « À mort l'Autriche ! », et de dire que les femmes ne sont rien, juste pour se donner l'air d'être de vrais hommes…

Il lit avec intérêt, à certains moments aussi avec tendresse, cette histoire en se demandant si c'est vraiment la sienne ou du moins la leur, à eux quatre donc aussi à lui. Leur véritable histoire – véritable ? –, plus confuse et plus lointaine que celle qui est maintenant couchée sur le papier pour le film. Des strates de temps s'interposent entre lui et son, leur histoire d'alors ; copies de plus en plus pâlies d'une page présumée originale. La même histoire, non, pas la même, tantôt plus incertaine tantôt plus impérieuse, certains fragments illisibles, d'autres plus clairs. D'autres paroles, d'autres choses se superposent dans son esprit à ce qu'il est en train de lire ; pas très différentes, presque les mêmes mais pas les mêmes, douloureusement autres. Cette année-là dans la Trieste habsbourgeoise, peu avant que n'éclate la Grande Guerre, et eux quatre dans cette année-là, y compris l'excursion dans le Val Rosandra quand, avec elle, il avait réussi à semer les deux autres – pour rien, en fait. Enfin, presque rien. Eh oui, à cette époque ça ne se faisait pas… Et un ou deux ans plus tard la guerre, les tranchées sur le Carso, cent morts pour conquérir une cote, cent autres pour la reperdre deux jours après, ses soldats fous de colère d'avoir perdu leurs camarades, arrivés à six sur cette position dans la paroi rocheuse où seul était resté un officier autrichien ; ils s'étaient lancés à son assaut à cent sept, ils allaient maintenant massacrer à la baïonnette ce dernier survivant et lui, leur lieutenant, il avait dû les en empêcher en pointant sur eux son pistolet. Ils se sont même revus après la guerre, lui avec sa médaille d'argent et l'Autrichien toujours vivant, avoir gardé sa peau ça n'a pas moins de valeur qu'une médaille, d'autant plus que sa médaille, lui, il ne la portait jamais, avec les fascistes qui rôdaient pour casser des têtes en souillant l'Italie et son nom. « Sie haben mein Leben gerettet » (Vous m'avez sauvé la vie), lui a dit l'ex-ennemi ; il était de Gratz, qui sait comment il aura fini, s'il a fini.

Oui, la Grande Guerre a interposé un voile épais entre lui et les choses, d'alors et pas seulement d'alors ; et plus particulièrement entre lui et lui-même, le lui-même de ces années-là qui semblaient grandes ouvertes sur le futur, sur des lendemains qu'ils avaient rêvés de paix et de fraternité avec les Slaves issus et nés de la même terre qu'eux, face à la même mer, Mare Nostrum Jadransko More, et avec les autres peuples, dans une nouvelle Europe libre et pacifiée. Et pour ce rêve ils avaient été prêts à sacrifier et leur vie et celle de millions d'êtres humains, grand bûcher sur lequel on monte pour mourir comme un roi. Un roi vaincu, Mare Nostrum Jadransko More bouillonnant de vagues plus encore qu'avant, mer en furie, *mar incrosà*.

« Vous savez pourquoi mon fils s'appelle Adam ? » lui avait dit cet homme qu'il avait soustrait à la fureur de ses soldats. « Quand je suis parti de Gratz pour le front, ma femme était enceinte et je lui ai dit que, si c'était un garçon, il faudrait l'appeler Adam, parce que cette guerre était la dernière de l'Histoire, d'où naîtraient un nouvel Éden, le nouvel Adam, un homme nouveau frère de tous les hommes. » Nous l'avons cru nous aussi, pense le vieillard. Le nouvel Adam, tu parles, l'Italie à l'huile de ricin, Hitler, Staline, Auschwitz, la Rizerie – le seul four crématoire qui ait existé en Italie. Des serpents de la tentation partout, dans le nouveau jardin d'Éden – le Carso, la Galicie, la Somme, paradis terrestres gorgés de sang, puis d'autres sont venus, plus infernaux encore. Il en sait quelque chose, lui, le spécialiste reconnu du *Doktor Faustus*, il en a vu tant et tant, de démons manipulateurs, débraillés et hallucinés ou en complet veston, hypnotiseurs hypnotisés, fourmillement noir de rats drogués qui suivent le joueur de flûte et le poussent vers leur abattoir, en étripant déjà en chemin ceux qu'ils rencontrent.

Non, les massacres de la guerre n'avaient donné naissance à aucune nouvelle vie véritable, à aucun sol libre pour des hommes libres – avec quelle emphase avait-il lu et répété tant de fois à ses étudiants ces paroles du vieux Faust qui l'avaient tellement enflammé, qui les avaient tellement enflammés quand sur les bancs du lycée ils avaient lu ces vers, la vision de ce vieillard de nouveau vieux après avoir été rajeuni par un enjôleur. Un diable, ce n'était pas par hasard, qui dans son cœur disait toujours non à tout, mais qui s'amusait à convaincre tout le monde de dire toujours oui, oui à tout, avec enthousiasme – les soldats marchent et chantent joyeusement en s'acheminant vers le carnage, ce bataillon est déjà fauché mais un autre arrive, en chantant et en disant oui… Oui à cette cure du docteur Voronoff, tu es vieux tu seras jeune tu seras vieux de nouveau, sur ton libre sol libéré, peu importe de qui et de quoi, sauf qu'on voit très peu d'hommes libres, plutôt des esclaves et des argousins et des esclaves qui se libèrent de leurs chaînes pour devenir des argousins. Eh oui, arracher de la terre à la mer, tel est le rêve, dans le poème, du vieillard rajeuni redevenu vieux, et si deux époux âgés ne veulent pas, pour lui permettre de réaliser son projet grandiose, lui céder la petite maison de leur amour heureux, ses hommes de main y pourvoiront, le pouvoir en trouve toujours. Et le mouchoir de poche du potager voudrait faire obstacle au grand terrain où seront édifiées les cathédrales du futur qui grattent le ciel, les usines géantes, les tours de télévision – et un minuscule lopin, la maisonnette en bois de deux vieillards aurait la prétention de bloquer le futur ? Ça ne traîne pas, ce petit paradis est tout de suite souillé de sang qui sèche et s'évapore rapidement. Et si le couteau et les bombes ne suffisent pas, comme aux temps primitifs de ma jeunesse dans les tranchées, le tentateur tient prêts des rouleaux et des rouleaux de papier, des billets de banque plus tranchants que des épées – il arrive souvent qu'on se coupe avec du papier plus qu'avec des couteaux –, et la terre libérée et émergée de la mer est immédiatement éventrée sans faire de quartier, des arbres et des forêts s'abattent, et tout le monde est content de s'être fait avoir dans les grandes largeurs.

Oui, d'accord, c'est après que le pire est arrivé, une horreur sans égale et sans nom, mais au moins ça avait un sens de mourir et de tuer pour que le monde entier ne devienne pas Auschwitz, tandis que nous et eux, sur le Carso à Verdun sur les lacs de Mazurie… tous pareils, tous gentils, tous justes, tous à faire la guerre pour le bien de tous. Quand il avait compris cela, le mal né du bien, le mensonge dit par amour de la vérité, il s'était senti vidé, un sac sans rien à l'intérieur qui ne tient plus debout. Ensuite le futur qui tombe comme un couperet de guillotine, rideau baissé après le spectacle et eux quatre derrière ce rideau, sur la scène vide – non, eux trois, elle, elle s'est glissée entre les plis du rideau, elle s'est mêlée et continue peut-être à se mêler à la foule. C'est la cohue, d'accord, il fait chaud, on transpire, mais c'est la vie avec sa chaleur, alors que nous… seuls, disparus, introuvables dans le théâtre désert. Des masques, même pas, des accessoires entassés dans les réserves, pas beaucoup de différence entre lui et ces deux autres amis désormais passés dans un monde meilleur.

Quelques années après la guerre, l'un d'eux trois – qui lui aussi avait obtenu une médaille, mais en or, et lui aussi l'avait ensuite mise dans un tiroir quand les chemises noires avaient teint de noir jusqu'au drapeau tricolore – avait repêché dans l'aquarium de l'avant-guerre leur histoire, faisant d'eux quatre les personnages d'un bon roman qui avait connu un certain succès. Autre barrière entre lui et lui-même ; ces pages dans lesquelles il peut lire son histoire d'alors sont un paravent, une cloison qui le sépare de sa propre vie. Ce n'est certes pas la faute de l'ami qui les a écrites, le meilleur d'eux trois ; le roman est beau, intense, mais lui, en le lisant et en l'admirant, il a la sensation que ces pages aussi lui ont soustrait un peu de sa vie, beau portrait derrière lequel le visage se cache.

Et maintenant le film, son celluloïd, nouvelle pelletée de terre sur sa vie, sur leurs vies. Leurs visages, non, d'autres visages, d'autres voix. Il se demande comment les deux autres prendraient la chose s'ils étaient, comme on dit, encore parmi nous, l'écrivain qui a réécrit et remanié sa propre vie et celle des autres, et le troisième, celui qui pour elle s'était tiré un coup de feu et qui est mort dans son lit presque soixante ans plus tard. Un grand traducteur – de littérature allemande, bien entendu. Ouais ! traduire, une autre façon d'écrire, une recherche de vérité qui en découvre une toujours un peu différente, nécessairement contrefaite. La vérité est toujours un peu mensongère. Et ce coup de feu… qui sait comment il résonnera dans le film. Non, les deux amis qui depuis longtemps ont disparu en éclaireurs n'auraient pas apprécié de se voir sur le plateau et ensuite sur l'écran avec d'autres visages, d'autres voix, d'autres gestes. Lui au contraire, si ; il est même intrigué, un peu excité par ce dédoublement, voire secrètement flatté même s'il ne sait pas très bien quel motif il pourrait avoir de se rengorger. Il n'est pas nostalgique et passéiste comme certains professeurs, ça lui va très bien qu'aux neuf Muses on en ajoute une dixième et que quelqu'un d'autre se mette dans sa peau. Et rencontrer l'acteur qui doit l'incarner tel qu'il était dans sa jeunesse ne le trouble nullement. C'est un jeune homme quelconque, il ignore tout de cette époque et au fond il ne comprend pas l'histoire qu'il est en train de jouer, mais lui-même, à ce moment-là, ne la comprenait sans doute pas beaucoup plus, et s'il pouvait par hasard rencontrer celui qu'il était alors, il lui semblerait tout aussi peu impliqué, tout aussi extérieur que l'acteur. Quoi qu'il en soit…

Non, ce n'est pas son sosie, c'est un autre. En réalité il y en a même deux autres, un dans cette page ronéotypée et bientôt un deuxième dans les séquences du film – le metteur en scène lui en a montré deux ou trois, c'est difficile de comprendre quelque chose à partir de ces fragments décousus. En tout cas, lui, assis dans son fauteuil, chez lui, dans sa bibliothèque, il n'est ni l'un ni l'autre, ni ce jeune acteur romain qui ne lui semble pas vraiment être Clark Gable, ni ce personnage désormais insaisissable qu'il a été lui-même et qu'il n'est plus. Le vieux Faust lui aussi aurait eu une attaque si on lui avait dit que ce blanc-bec écervelé qui gâche la vie de Marguerite, c'est lui-même refait et retouché. Le jeune acteur reprend plusieurs fois sur le plateau la même scène, au grand désespoir de l'actrice qui, elle, s'en tire beaucoup mieux... Mais dans le fond, à l'époque, ça s'était passé un peu de la même façon... Trois garçons maladroits et manquant de maturité, la tête pleine de rêveries et de lectures, et une femme... Qui sait ce qu'elle pensait, ce qu'elle ressentait vraiment, elle... Oui, il se rend bien compte de sa maladresse d'alors ou, mieux, il corrige pour se consoler de ce qui aujourd'hui semblerait être, serait même, une vraie maladresse. Peut-être, qui sait, que quelqu'un de ce genre aurait pu lui plaire, cette fois-là… Mais moi…

Ce qui est certain, c'est qu'elle n'a pas voulu entendre parler de rencontrer le metteur en scène. Après leur dernière année de lycée elle a fait des études à Vienne et à Berlin et elle est devenue psychiatre, pédopsychiatre, durant les décennies qui ont détruit dans toute l'Europe le monde auquel appartenait ce lycée, et elle a travaillé dans divers pays. Au téléphone, la voix oppose poliment mais fermement au metteur en scène une fin de non-recevoir – je me souviens de cette époque, de tout, et très bien, mais sans aucun plaisir et je n'ai pas envie d'en parler.

Plus de quatre-vingts ans et aucun regret, aucune nostalgie ou absolution sentimentale du temps qui fut ; pas une once de cet attendrissement sur le passé qui oublie et fond en une émotion unique les conflits de jadis. Le metteur en scène a été déçu, il le lui a dit d'ailleurs, mais en même temps il est fasciné par ce déni et il a pensé, du moins c'est ce qu'il a dit, qu'un film sur Trieste devrait peut-être raconter cette présence toujours ouverte et âcre du passé, cette impossibilité pour les choses de finir par s'émousser et pour les plaies de se refermer au fur et à mesure qu'au cruel désordre du temps qui passe succède la paix bien ordonnée du temps déjà passé. Tout est encore présent et ouvert, sénile sans avoir mûri.

À Trieste les temps ne se succèdent pas, mais s'alignent l'un à côté de l'autre, comme les débris des naufrages que la mer abandonne sur la plage. « Nebeneinander », a dit le metteur en scène qui, comme il se doit, a lu Joyce ; temps qui se fait espace, événements entassés les uns à côté des autres, entrepôt de l'Histoire ou plutôt, a-t-il ajouté avec sa déformation professionnelle, archives cinématographiques, avec leurs histoires d'époques différentes tournées à des moments différents et dont les pellicules sont pourtant voisines, rangées les unes à côté des autres, disponibles pour un travail de montage qui pourrait les intriquer l'une dans l'autre.

Le metteur en scène, venu le voir pour lui soutirer des observations et des souvenirs, est reparti. Lui aussi, il veut sortir ; il n'aime pas rester trop longtemps à la maison ; il prend l'ancienne édition du roman, les feuillets du scénario, et se rend au café. Là-dedans, le temps s'est encore plus coagulé en grumeaux distincts et adjacents ; se déplacer entre les tables et leurs occupants, sortir d'une époque, entrer dans une autre, aller et venir entre elles. Dehors, au-dessus de la mer, le vent chasse les nuages, fait se dresser l'une après l'autre les crêtes des vagues et fuir leur écume vers un horizon limpide ; lumière nordique des lointains, transparence de la vie, vaine promesse de tout ce qui manque. Au café on est protégé de cette lumière et de ce vent, de cet horizon qui s'efface, et il est agréable de lire, chose qui dehors ne serait pas possible, et pas uniquement parce que le vent chamboulerait les feuilles.

Le livre qu'il a entre les mains est relié, les lignes de ses pages sont un réseau de fissures trop fines pour laisser filtrer le fleuve limoneux du temps, qui s'écoule et reste bloqué sous ce treillis. Le scénario est un polycopié dépenaillé, les rares mots et lignes de chaque page sont séparés par de grands espaces blancs, et de ces déchirures, de ces vides vierges déborde le cours informe des ans, qui se succèdent et se condensent en une épaisseur opaque.

Là en bas, dans cet espace au-dessous des feuilles blanches qui est maintenant éclairé et où se déplacent les acteurs, il y avait l'attente du temps, de la vie qui allait venir. L'école allait bientôt finir et ensuite viendrait la vie ? Pas seulement la vie personnelle de chacun, mais celle de tous. Ce n'était pas seulement l'amour pour cette jeune fille que ses amis et lui avaient partagé, mais quelque chose de plus grand, le rêve du futur, d'une grande vie de l'esprit qui allait éclore, comme la gentiane entre les pierres arides du Carso, de cette ville commerçante métissée et patriotique qui était la leur. Cela s'était même, partiellement, produit, comme en attestaient les histoires de la littérature dans lesquelles figuraient leurs noms – ça aussi, du papier, rien que du papier à froisser en boule et à jeter, dans une corbeille évidemment. Pas de désordre. Cet acteur de seconde zone, lui, jette sûrement ses mégots par terre. Même si, finalement…

Vie verte, annoncée par de nombreux maîtres qu'ils avaient lus et à propos desquels ils avaient débattu ensemble, leurs Nietzsche, Ibsen et autres prophètes dans les pages desquels ils mettaient en jeu leurs jours, leurs vies, en essayant de mettre à nu leur âme, de l'éplucher pour en trouver le cœur, le centre, qui lui-même n'était qu'une dernière pelure à ôter et à jeter, après laquelle il n'y a plus rien. Tant et tant d'annonces de la fin d'une civilisation – après laquelle il n'y avait eu aucun nouveau commencement. Du moins pour moi, pour nous. Vérité du malaise et du crépuscule – y compris du nôtre. Avoir la prétention de vivre relève de la mégalomanie. Oui, la route côtière qui domine la mer et s'ouvre soudain après Sistiana… promesse enchanteresse, qui ne sera pas tenue. Quand nous nous réveillerons d'entre les morts. Suffit-il d'un film quelconque pour le faire comprendre ?

Leur vie bloquée au temps d'alors, comme quand on interrompt la projection d'un film et que les images restent immobiles, sourire figé sur une bouche ravissante, regard congelé. Elle seule – pense-t-il en continuant à lire et à relire le scénario – semble se mouvoir dans un espace différent. Oui, elle seule, l'étrangère, qui allait partir ensuite à Vienne, à Milan, à Berlin ou qui sait où, avait un futur. Eux trois, au contraire, étaient déjà posthumes, leur vie s'était consumée dans l'attente et la préparation de la vie, avant qu'elle ne commence. Rouge de l'aurore, non, rouge du soir. Pardonnez-moi, pardonnez-nous aussi à nous que le soir soit tombé. Ce jeune homme d'alors, lui, moi, resté dans un film interrompu – image inachevée, bloquée à la frontière d'une dernière page ou d'un dernier photogramme, comme dans ces cauchemars où l'on est collé au sol, on voudrait courir mais on ne peut pas. Et elle… Au fond, il ne l'envie pas. S'en aller, s'enfuir, ça ne suffit sans doute pas. Il n'est pas dit que son destin libre et substantiel ait été plus heureux que celui, de papier, qu'ils ont eu tous les trois. Le papier fait des plis dans lesquels on peut se réfugier, de cornes trop petites pour s'y cacher, mais agréables au toucher, ainsi chiffonnées. Tout compte fait, on est mieux au café que dans l'Histoire.

Ça ne lui déplaît pas de vivre dans l'irréalité. Dans la mise en scène aussi, Trieste est absente : aucun arrière-plan ni travelling sur la ville, seuls sont suggérés un aperçu sur les toits, un profil de statue néoclassique se détachant sur le ciel, un coin de mer derrière un visage au premier plan, sous un porche liberty. Le metteur en scène lui a expliqué que c'est par manque de crédits ; la télé, ce n'est pas la Paramount, pour faire évacuer les voitures et restituer aux rues de façon crédible l'aspect qu'elles avaient avant la Grande Guerre, il aurait fallu des sommes énormes, et il avait dû faire de nécessité vertu, en filmant quelques fragments isolés susceptibles d'évoquer, de suggérer, de laisser entrevoir la Trieste d'alors. Il en ressort l'image d'une très belle ville, qui n'existe pas et dans laquelle il est content de vivre. Fondu. Le cinéma lui a appris le mot. Ce serait bien pour le finale, le fondu, il se permettra de le suggérer au metteur en scène – l'image se dissout, comme nos vies, comme la mienne.

Ça lui a quand même plu d'assister aux prises de vues et de revoir ces scènes avant le montage. Toujours mensonger, parce qu'il met de l'ordre là où il n'y en a pas, où il ne peut – ne doit ? – pas y en avoir : les années, les minutes, les histoires, les gouttes de pluie, une vague qui se brise, la peau lisse et la peau flétrie. Papier ou celluloïd, ça fait peu de différence. Il aime regarder, mais ça ne lui suffit pas. Oui, les yeux verts, les seins de toutes les deux, l'une qui ignore tout de l'autre et l'autre qui ne sait presque rien de la première, sinon qu'elle joue son rôle. Oui, il verra volontiers ce film, quand il sera terminé ; les images, les couleurs. Mais voir, seulement voir, ce n'est pas assez. Toucher, palper, sentir l'odeur… Quelle odeur avait-elle alors, quand elle grimpait en transpirant sur ces roches, son cou tout près de mon visage… Je ne sais pas, je ne m'en souviens pas, les odeurs ont une vie brève. Celle de Magda, l'actrice, entre la rivière et les roches du Val Rosandra, est encore là, elle est passée sur mon visage… Ce n'est pas possible, il le sait, il n'y a pas de souvenir de l'odeur ; ce n'est qu'un peu de concupiscence de la part d'un vieillard, pourquoi faudrait-il en avoir honte ? Et si, en dépit de l'âge… Eh bien oui, mes petits-enfants trouveront ces photos… et aussi ces poèmes dans mon tiroir. Et après, ils sont assez grands eux aussi pour savoir comment va le monde et ces poèmes auraient pu scandaliser les enseignants de cette époque, mais aujourd'hui les jeunes écrivent certainement des choses bien pires.

Je ne sais pas si c'est le cas de mes petits-enfants, mais... et ces poèmes... ils ne sont pas jolis jolis, je le reconnais, même si... et les photos non plus, en réalité... de toute façon il vaudrait mieux en général ne jamais savoir. On ne doit jamais tout savoir de celui qui est parti. L'écran n'a pas d'odeur, c'est mieux ainsi, surtout pour les images qui la montrent à côté de cet autre, qui est là alors que c'est moi qui devrais y être. Sincèrement je suis, j'étais mieux. Et pourtant lui il bouge, il descend et remonte sur ces roches, il prend Magda par la taille...

Les prises de vues sont terminées. Si vite, pense-t-il. « Pour la production, lui a dit le metteur en scène, chaque jour supplémentaire est une saignée. » Une troupe, même les simples figurants qui ne disent pas un seul mot, ne peut être engagée que pour une semaine, et il faut donc faire bref. Faire bref, la meilleure chose en toute circonstance. Mais lui, il voudrait voir à quoi ressemble sur l'écran cette scène tournée plusieurs mois plus tôt, en hiver, sur le petit, le minuscule lac de Percedol, sur le Carso. Gelé en ce jour boréal, blanc et bleu en cet après-midi finissant, comme cette fois-là. Elle, en pull-over rouge, s'élance comme une flèche sur la glace, effleure les branches des pins au bord de la conque, fuit et revient, tend la main tantôt à l'un tantôt à l'autre des trois garçons, échappe à leurs doigts, déjà insaisissable pour eux qui trébuchent, lourds et maladroits, sur le terrain glissant. Si proche et pourtant lointaine, comme ce serait merveilleux de savoir danser, danser vraiment. Le soir tombe, la svelte silhouette rouge sombre virevolte parmi les branches vert foncé des pins penchés au-dessus de la petite piste glacée, le bleu azuré de la neige va s'obscurcissant, du terrain gelé monte une légère brume, de petits blocs de neige tombent des branches dans le soir. Oui, comme il aurait aimé patiner, danser sur cette glace désormais d'un bleu plus intense, comme il aimerait encore plus le faire maintenant, avec elle qui trace des arabesques sur cette glace. On s'embrasse pour de bon, lui a-t-il demandé dans la petite auberge où ils étaient allés boire un *vin brulé**, quand on joue une scène d'amour ? « Et vous deux, cette fois-là, vous vous étiez embrassés pour de bon ? » lui a répliqué l'actrice. Lui, il essayait moins de s'en souvenir – tout était si vague, confus comme la neige bleuâtre du soir – que de se demander ce qu'il aurait dû dire. « Ce n'est pas un problème, ni sur le plateau ni ailleurs », a-t-elle ajouté, et elle a posé sur ses lèvres un petit baiser. Non pas que… mais enfin…

Œuvres de Claudio Magris (suite)

L'ANNEAU DE CLARISSE, grand style et nihilisme dans la littérature moderne, *L'Esprit des péninsules*

TROIS ORIENTS, *Éditions Rivages*

LOIN D'OÙ ?, *Le Seuil*

SECRETS, *Éditions Rivages*

O CONDE, *La Baconnière*

CROIX DU SUD, *Payot et Rivages*